D1725280

✳

O ÚLTIMO MINUTO NA VIDA DE S.

MIGUEL REAL

✳

Para a Filomena,
o David e a Inês,
com eterno amor.

Para a Maria do Rosário Pedreira e
a Ana Pereirinha, que têm feito de mim um escritor.
A minha eterna gratidão.

O Último Minuto na Vida de S.
é um texto de ficção com três ou quatro
pontos de apoio na realidade portuguesa
das décadas de 1960 e 1970

Porque foste na vida
A última esperança
Encontrar-te me fez criança
Porque já eras meu
Sem eu saber sequer
Porque és o meu homem
E eu tua mulher.

Porque tu me chegaste
Sem me dizer que vinhas
E tuas mãos foram minhas com calma
Porque foste em minh'alma
Como um amanhecer
Porque foste o que tinha de ser [1].

Vinicius de Moraes

[1] Poema de Vinicius de Moraes encontrado manuscrito, em papel de pétala de rosa, num bolsilho interior da mala chamuscada de S., pela Polícia de Investigação Criminal, após a queda da avioneta em que viajava para o Porto.

0"

Chegaste, o Secretário à frente, barbas empoladas pelo vento da rua, segurou-te a porta, avançaste o pé esquerdo pequenino na sala VIP, a teu lado o Almirante insignificante, testa ignorante, nariz petulante, boca rutilante, barriga possante, peito abundante, baixinho, miudinho, sumidinho, trigueiro, pescoço de lenhador, coxas roçando-se mutuamente, mãos anchas, uma ametista bispal luzindo no anel de ouro, olhinhos inquietos de furão, boca rasgada de leitão, o Ministro católico de cigarro na mão, o fumo a adejar, de braço dado com a mulher, riem os dois, de olhar limpo, sorriste para mim, disseste, todo o dia te guardei no coração, não ousámos beijar-nos, pousaste a tua na minha mão, acariciei-a veladamente, mirei a tua figura ligeira, o verde berbere dos teus olhos, o cabelo corrido italiano, o nariz adunco judaico, os lábios hauridos espanhóis, o teu peito cabeludo português, a esplanada branca dos teus dentes, a lentidão das tuas palavras, compões nítida a imagem do homem mediterrânico com que sonham as mulheres da minha terra, tudo em ti me recorda aquela tarde de 1965, regressada de Estocolmo, tomara um táxi neste aeroporto de Lisboa, apressava o motorista, tinha urgência de chegar a casa e fazer um telefonema, o carro entrara veloz na Rotunda do Relógio, chiaram os travões, fui jogada para a frente, os pneus derraparam, o automóvel, travado, deslizara, batendo levemente na traseira de uma carroça pesada de couves e alfaces, o burro que a puxava, desatinado com o choque, zurrava um medo ferino, ostentando uma fiada de dentes amareláceos, o motorista de táxi exclamou, minha senhora, e saiu, as mãos na cabeça, a barriga espessa, abundante, a camisa creme amarrotada, o bico da gravata cinzenta preso entre os botões, o cós das calças volvido, sem cinto, mostrando a entretela, o condutor da carroça desceu do assento, semelhava um cigano, barba rala acinzentada, bigode de guias retorcidas, patilhas prolongadas e robustas, queixo gorduroso, lábios pardos ressequidos, a cólera deformava-lhe o rosto, a mão esquerda brandindo a vergasta do burro, alçou esta para a desabar sobre o motorista de táxi, saí apressada do carro, esfregando o rosto, que chocara contra a napa da traseira do banco, interpus-me, calmando-os, assumia as despesas do acidente, disse, fora por meu incitamento que o taxista acelerara, avancei para o condutor da carroça, joguei-lhe um sorriso de simpatia, amaciando-o, e ele, estonteado pelos meus lábios acolhedores, mirando-me o cabelo loiro, os olhos claros, a figura alta, baixou a chibata e sorriu-me, aligeirou despercebidamente um botão da camisa para mostrar o peito peludo, compôs a barriga e endireitou as pernas, figurando-se mais alto, menos roliço – perante uma mulher que lhe agradava, esquecera o acidente e sorria feito criança, o teu sorriso de hoje lembrou-me o sorriso do condutor da carroça, também ele tinha o cabelo liso e escoado, os olhos verdes, também ele era baixo, vi nele, como em ti, o português-português, síntese de raças do Mediterrâneo, cruzamento de negros, árabes, judeus e celtas,

de porte tão imprevisível quanto determinado, assemelhas-te
tu, como o condutor aciganado da carroça, aos assobiantes e
assombrantes sacões ciciantes e sibilantes do vento suão,
inesperados mas impetuosos, redemoinhosos, capazes de
endoidecer a mulher mais serena, foi assim que expliquei à
Mãe, ao telefone de Lisboa, o meu amor por ti, Mãe, apai-
xonei-me de novo por um berbere, outro?, espantou-se a
Mãe, não te chega de portugueses?, este é diferente do
Hugo, contrariei, o Hugo arremedava a imagem do italiano
de cintura fina e tronco espesso dos filmes do neo-realismo,
este não, Mãe, protestei ao telefone, este é mesmo berbere,
um berbere civilizado, é o presidente de um grande partido
político português, a Mãe desconversou, amor e política
geram tragédia, a Mãe não se admirara do meu amor pelo
Hugo, o meu primeiro casamento, com tantos rapazes loiros
nos colégios londrinos tinhas de te apaixonar por um
moreno, está no teu sangue, clamou; quando lhe disse ao
telefone de Londres que o Hugo era português soltou um
assobio, quando acrescentei que também era judeu, riu-se
nervosamente, procuras a excentricidade, é a sabedoria do
teu sangue, continuas a menina exaltada que se contundia
com a existência da morte e se revoltava contra esta,
negando-a, morrera no mar o teu namorado da escola pública
de Estocolmo e tu arremessavas aos céus uma rebelião infantil, não podia ser, nada pode terminar assim, abruptamente,
a vida não tinha sentido, bradavas, chorosa, no colo do teu
pai, a tua irmã é o mesmo, a liberdade, nela, só provoca sari-
lhos, tu segues-lhe os passos, criticou a Mãe, desconsolada,
logo português e judeu, o exacto contrário do escandinavo.
O que sabes de Portugal, Mãe?, indaguei ao telefone, uma
ditadura, informou-me, um país arqueológico que existe no

Sul da Europa sob a pata de um tirano que frequentou o seminário católico e se amigou com a criada, fora o que a Mãe comentara quando lhe telefonara da residência escolar, exultante, gritando para o bocal preto que estava apaixonada pelo Hugo, tinha dezoito anos e nada sabia de Portugal, recordava vagamente o anúncio de uma guerra em África na BBC, Portugal teimava em manter as suas colónias, estas tinham-se rebelado, era o que eu sabia, mais nada, o Hugo pouco falava do seu país, um atraso de vida, proferia, enfastiado, amarrotando a cara e atirando a mão para trás, prometia que viveríamos em Nova Iorque, onde acabaria os estudos iniciados em Inglaterra, presumia que a riqueza e a influência da família o libertariam de ser recrutado para o exército, ficarei dispensado da guerra, explicava, esperançoso, lábios morenos, olhos serenos, mas os generais de secretaria, peitorais marciais agaloados de medalhas e outras tralhas, barrigas de morcela e mortadela, testículos beligerantes, nádegas arrepiantes, havia trezentos anos que não ganhavam uma guerra senão escudados em forças inglesas ou francesas, exigiam oficiais, uma escassa minoria estudava, os jovens eram recrutados aos milhares, chamavam-lhes mancebos – rurais e analfabetos mais de metade dos soldados –, não faltaria carne para a guerra, faltavam alferes que os disciplinassem e civilizassem, o Hugo partiu para a Guiné deixando-me só, o primeiro filho a nascer, tinha-lhe proposto que fugíssemos, a Suécia acolhê-lo-ia como exilado político, conseguiria passaporte da ONU, um passaporte de apátrida enquanto não findasse a guerra, escaparíamos por Paris, o Hugo tinha conta bancária em Londres, eu o depósito que o pai me legara quando se divorciara da mãe, não nos faltaria dinheiro, foi a desilusão, o Hugo apontou o

dedo para a cabeça, eu estava louca, a fuga seria uma vergonha para a sua família, alegava, haveria recriminações,
empresas da família seriam preteridas nos contratos com o
Estado, a lista negra do Ministério da Economia, «traidores
à pátria» era a justificação, e, perorava, havia a sua honra de
português. Queixei-me à Mãe, uma longa carta, a Mãe telefonou-me de Estocolmo, os judeus vendem tudo menos a
família, disse-me, eu conheço-os, o teu padrasto é judeu e eu
trabalhei na reintegração dos judeus depois da Segunda
Guerra Mundial, tocaste-lhe no ponto fraco, disse-me, mais
rápido te trocaria a ti do que à família; eu sou a sua família,
Mãe, retorqui ao telefone, ela objectou, ainda não és, falta-
-te o sangue e o sofrimento, hás-de ser, quando lhe tiveres
dado quatro filhos e chorado a dor da sua ausência, então
serás a sua família, eu sonhava a aventura da fuga clandes-
tina, insisti, propus ao Hugo que fugíssemos para Londres
num barco mercante da companhia da família, grande parte
da sua família residia em Londres, habitaríamos uma das
suas casas, haveríamos de conseguir protecção da polícia de
Londres, usaríamos a influência da minha família junto das
embaixadas, o Hugo voltou a levar o dedo à cabeça, eu
estava maluca, relaxava a linguagem, já não me chamava
louca, agora era maluca, apontava para o nosso filho avanta-
jado na minha barriga, eu baixava os ombros, não via problema, o Hugo irritava-se, espalmava os lábios como uma
nódoa escura, bufava, estalava os ossos dos dedos, enervado,
uma menina mimada, bradava, esguichando os lábios para
mim. A família do Hugo vivera trezentos anos fugida, de
cinquenta em cinquenta anos mudava de casa, de cidade, de
país, atravessara o Mediterrâneo, acossada, escapando a
pogroms feitos por muçulmanos e cristãos, regressara a Por-

tugal no liberalismo, em meados do século XIX, instalara-se no Algarve e nos Açores, o olho matreiro num barco veleiro que uma madrugada a levasse de fugida, não fora preciso, tinha-se integrado, criado trabalho e riqueza, Portugal, ao contrário da Europa, não mais perseguira judeus, sentiam-se bem, obedeciam passivamente às leis do país, fugir de Portugal seria a última coisa do mundo, disse-me o Hugo, na cama, de pijama listrado, às riscas verticais pretas e azuis, a rotundidade da barriga a salientar-se, desimpedida do cinto, não se fala mais nisso, atalhou, eu respondi que no dia seguinte jogaria fora aquele pijama, comprar-lhe-ia um jogo de pijamas de uma cor só, clara, azul-primavera, ou casta-nho-outono, escrevi um telegrama para a Mãe, vou com o Hugo, enviei-o da estação dos correios do aeroporto às sete da manhã, não dormira toda a noite, tomara a decisão, o Hugo é o meu marido, onde ele estiver estarei eu, regressei a casa no *Mini,* o Hugo já tinha saído, deixara um papel na mesa-de-cabeceira com o desenho de um grande ponto de interrogação, procurei o pijama para o dar à porteira, não o encontrei, tocou o telefone, a criada veio chamar-me, é o Senhor, disse-me, contei ao Hugo que fora enviar um tele-grama para a Mãe, vou para a Guiné contigo, avisei, o Hugo gritou-me ao telefone, eu estava grávida, arguía, o meu cui-dado devia ser tratar do nosso filho, educá-lo, compor a casa para receber família e amigos, não o de viver romantica-mente no meio do mato cercada de uma centena de rapazes esfomeados de sexo, eu continuava maluca, perguntei-lhe pelo pijama das listras, riu-se, levara-o na pasta para o escri-tório, guardá-lo-ia, não o vestiria, mas não o deitaria fora, ficaria para as viagens, desliguei o telefone, deitei-me e fui acordada pela criada, a Mãe ao telefone, não, com o Hugo não vais, certificou-me, ríspida, se for preciso vou aí e proíbo-te, peço ao Hugo para to proibir, não te deixo partir para África, três meses depois estás morta com disenteria, nem maionese o teu fígado aguenta, a Mãe fora a África num safari com o meu padrasto, narrou-me a quentura tropical, bichos decompostos a apodrecerem o cadáver, águas chocas e verdes, a Mãe apanhara fungos num dedo do pé, de que ainda não se curara, a pele escamara-se, tombada às lascas, não havia pomada nem creme europeus que a libertassem do mal, a canícula obrigara-a a beber três litros de água por dia, a língua só se desgrudara do céu-da-boca quando o avião aterrara em Londres, não havia esgotos, a luz era um bem de que não se gozava mais do que duas horas por dia, gritava-me furibunda do outro lado da linha, os bichos são horríveis e os pretos comem cães e gatos, nem sei mesmo se não comem ratos; respondi-lhe, calma, que ficaria só dois anos, a Mãe disse, dois anos é uma vida, o suficiente para a perderes, vem para casa enquanto o Hugo estiver fora, repliquei que iria pensar, mas já sabia que não regressaria, nada tinha que fazer em Estocolmo, o sol português colara-se-me à pele, resignei-me, fui despedir-me do Hugo ao cais da Rocha Conde de Óbidos, quinhentos homens perfilavam-se ao vozear de sargentos rançosos, gordos de toucinho e chouriço com favas, comida oficial do refeitório, cabelos repuxados, fixados com brilhantina, os oficiais avançavam para a escada de acesso ao *Uíge,* o Hugo rodou a cabeça, piscou-me o olho direito, tocou o pé esquerdo no primeiro degrau, no meu coração senti ranger a madeira húmida e oleosa da escadaria, o pai e a mãe fixavam a figura do filho, brilhava no seu olhar a suspeita de um derradeiro adeus, reminiscência daquela longínqua madrugada em que d. Manuel mandara apartar os filhos das famílias judaicas para os converter à fé cristã, aquela longínqua madrugada em que mães judias, desobedecendo às ordens do rei português, asfixiaram os filhos crianças, matando-se de seguida; eu não via orgulho de defesa da pátria no olhar dos pais do Hugo, a família do Hugo era portuguesa há um século, mas sobretudo judia, corria-lhe sangue judaico nas veias, não português, o seu coração pulsava por Yavhé, não por Deus, sabiam-se peregrinos na Terra, de corpo acolhido em Portugal, mas de alma resguardada no céu de Israel, culpavam Portugal por lhes arrebatar o filho para a guerra, mas mais a si próprios se culpavam, incapazes de o estimular a fugir; o trovejar das ordens dos sargentos gordurosos atraiu-me o olhar para a parada, desfilavam os pelotões de farda aprumada, tronco hirto, coxas rectas, botas lustradas de banha de porco, bivaque correcto, por deferência do comandante tínhamo-nos acolhido na sala de oficiais, resguardados por uma porta envidraçada; pelo vidro escurecido via os soldados marcharem em direcção às duas escadarias do *Uíge,* atravessavam uma clareira de terra batida, ladeados pelos sargentos sebosos, que alternadamente lhes urravam aos ouvidos, marche!, marche!, apresentavam-se a um capitão, de camuflado verde, boina castanha, testa oblíqua de gorila, queixo bovino, cara de quadrúpede, que lhes gritava alto! e os mandava embarcar, os primeiros dez tocaram com as botas os primeiros degraus, um murmúrio lamentoso chegou-me aos ouvidos, a plangência de um choro, miúdo, menino, lastimoso, queixoso, langoroso, forcei a maçaneta da porta, um cabo sentinela com a braçadeira da Polícia Militar interpôs-se, nem nele reparei, ladeei-o, a mãe do Hugo, incapaz de falar, chamou por mim, baixinho, em sussurro, voltei a cabeça, ofereci-lhe um sorriso de mulher, li nos seus cílios caídos o aceno do consentimento, saí para a pequena varanda de pedra, que se prolongava em terraço para o lado direito, percorri este e debrucei-me sobre o parapeito, lateral à escadaria que o Hugo descera para embarcar, o Hugo viu-me da amurada do navio, acenou-me, meneou a mão indicando-me que regressasse à sala de oficiais, fiz de conta que o não vira, atirei o olhar para baixo, uma massa indistinta de povo despedia-se dos seus filhos, por cima das suas cabeças um pano a letras vermelhas registava «Os Nossos Heróis», uma centena de soldados acabara de se espalhar pela amurada do convés, assobiavam silvos estridentes a mulheres e pais, enfiando dois dedos entre os dentes, outros, de bivaque preso na presilha do ombro da camisa, agitavam a mão em acenos de adeus, desci a escada lateral, encostei-me a uma grade de ferro, de frente para o povoléu boquiaberto, trezentas, quinhentas famílias de fato domingueiro choravam a partida de maridos e filhos, um homem, de cãs anciãs sobressaindo do chapéu redondo de feltro, vociferava, revoltado, a mulher calmava-o tapando-lhe a boca com a ponta da gravata, uma menina urrava histérica, babando o vestidinho cor-de-rosa, fixei o olhar no quadrilátero do povobéu, contido por cabos da Polícia Militar de cassetete entre as mãos, lamentações e deplorações ferviam, um grito feminino estrídulo sobressaiu; na clareira, à ordem de um sargento untuoso, uma charanga militar aprumava-se, o maestro, suando, forçava a batuta erecta, batendo-a por três vezes na pequena estante metálica, as fardas cinzentas da banda perfilaram-se, instrumentos dispostos na ponta dos dedos ou na ponta dos lábios, um acorde pífio soltou-se desarmónico, isolado, o maestro tremeu o nariz e encurtou a testa, fora o

cabo do trombone, o maestro anotou mentalmente, tenho
de dar uma porrada naquele gajo, a envergonhar-me a banda
à frente dos graduados, o padre capelão chegara, atrasado,
miudinho e redondinho, uma barrica de gordura com pernas, cabelo cortado à escovinha, passinhos pequeninhos,
mãozinhas gordinhas, desfiguradas, pele moribunda, sorria
para o comandante, encetando gestos corteses, desculpando-se,
o trânsito, afiançou, o comandante, farda cinzenta de gala,
sobrada das coxas e do peito, atirava a mão para trás, arre-
medando uma continência mal enjorcada, não se fala mais
nisso, o impedido do capelão, ancho como este, arrastava a
malinha das benzeduras, do povocéu uma mulher levou as
mãos em cruz ao peito, suspirou pelo filho, Alberto, Alberto,
murmurou, e desmaiou, tombando sobre o marido, este,
indeciso, desapertando o nó da gravata, suplicava a Deus
que lhe trouxesse de novo vivinho o Albertininho, filhinho
único, o comandante, olhos pulados de cavalo, ergueu o
dedo altivo, já começam os desmaios, exclamou, furibundo,
piscou os olhos apressadamente, apontou para o maestro,
vamos acelerar isto antes que este povodéu se desfaça em
choros e ranhos, eu sei como é o pessoal civil, o maestro
bateu de novo a batuta no metal da estante e os acordes do
hino nacional irromperam, abafando o coro gemebundo do
povoféu, senhoras delgadas, dispostas estrategicamente entre
a turba, ostentando a farda e o avental imaculados do Movimento Nacional Feminino, fizeram ouvir o seu gorjear
agudo de ave de rapina nos versos «Heróis do mar / Nobre
povo / Nação valente...»; no convés, o Hugo, denunciando o
seu enfado, demorou a perfilar-se; o capelão, que subia ao
palanque do comandante, imobilizou-se, de tronquinho
rechonchudinho e hirto, as mamelas sobressaídas na batina,

o comandante e os oficiais superiores bateram os tacões, pés juntinhos, continenciaram-se, barrigas de grão e feijão ostentadas; da horda familiar, estimulada pela cantarola das senhoras do Movimento Nacional Feminino, erguia-se aos céus impuros de Lisboa o estalejar desarmónico de vozes ululando sem ardor o hino nacional, uma exibição de patriotismo que os gemidos lamentosos e os olhos lacrimosos das mulheres desmentiam; primeiro numa ponta, depois na outra, logo de seguida no meio, lenços brancos acenavam derradeiros adeuses, uma avó gorda, de trança desembrulhada e cabeça de porco, levantou aos ombros uma estatueta de porcelana de Nossa Senhora de Fátima, ouviu-se entre as estrofes do hino o arrepio de um apelo pungente, protege o meu Roberto, Nossa Senhora de Fátima, e eu por cem vezes me arrastarei de joelhos na Cova da Iria, ficarei sem pele, sem carne, sem ossos, serei toda sangue do martírio, mas traz-me o meu Robertinho, Nossa Senhora de Fátima, Virgem Imaculada, Mãe de Deus, Rainha de Portugal; batidos pela orquestrinha militar, soavam ritmados e valentes os últimos acordes do hino, o maestro, mexeroso, bamboleante, sorria contente, a banda, ensaiada, respondera, dentro de um ano seria merecedora de uma medalha no concurso nacional de bandas militares, havia de falar nisso ao capitão das bandas, água mole em pedra dura, pensou, o maestro cruzou os braços, aguardava aplausos, virou-se para o povogéu, um silêncio uníssono enchia a clareira, os soldados, acelerados, voando para o barco, desperfilavam-se, a multidão, balouçando-se resignada, ora num pé, ora noutro, meneando inertemente o lencinho branco, arrastando o braço para a esquerda e para a direita, ostentava abanadas pagelas de Santa Leonor de Samotrácia e de Santa Rita de

Cássia, de São Judas Tadeu e de São Gonçalo de Viseu, de Santo Expedito e da imagem de Jesus Meninito, o Guanapito, todos lhe trouxessem de volta o filho querido, o Gualberto, o Berto, o Vamberto, o Gilberto, cuida do meu Lamberto, Santa Teotónia Campónia, e tu também, Santa Teodória Marmória, gritava-se, fixei o olhar no corpo do povojéu, plebeu, rústico, os fatos escuros desajeitados de fazenda de retrosaria, apertados ou alargados por alfaiates desusados, botinas pretas de sapateiros remendões, camisas engomadas de quadrados pretos e brancos, de colarinhos de tamanho desigual, embaraçados no aro da gravata, mulherio de vestidos cinzentos de flanela roçando os pés, golas redondas de renda branca, era aquele o povo do Hugo, o povo mais arcaico da Europa, um homem grandão ostentava o olhar resignado de mula, outro, altinho e magrinho, mexia os lábios como um coelhinho, alguém coruscava os olhos como o lobo na selva escura, as nádegas gordas de uma mulher que se baixara a sacar um rissol de camarão de uma cesta de vime assemelhavam-se aos quadris de uma égua castanha, via mulheres balirem como ovelhas no rebanho, via homens trajados de preto crocitarem como corvos, uma cabeça de girafa sobressaía esquálida da multidão, era um homúnculo alto como uma viga, magro como um poste, chorava, envergonhado, o lenço furtando-lhe a vista do rosto dolorido, as pestanas cediças, maçã-de-adão a-dar-a-dar, as manchas pretas na cara branca de uma mulher orgulhosa, peito donairoso, a seu lado uma rapariga enfadada, gordalhaça como um hipopótamo, oito refegos de gordura a sobressaírem da blusa castanha apertada, os lábios salientes de uma octogenária recordaram-me a boca larga e mariola de um pato patola, sem querer comecei a rir, sozinha, disfarçando com as costas da mão os lábios abertos, o povo do Hugo assemelhava-se a um bestiário, o cabelo empoado, o nariz em riste e a boca aguçada daquela senhora recortava a imagem de uma galinha pedrês, de pescoço implume, as gengivas escarlates, a boca larga, os lábios em til daquela outra senhora lembravam-me o focinho de uma vaca, os olhos pulados, fixos e luzentes daquele homem baixinho, suado, de pele acetinada e platinada, a cabeça de um goraz, a corcova de outro, alijada num sobretudo castanho, um camelo, e lá estava ele, ruminando o fumo de um charuto que incomodava a senhora a seu lado, de pómulos largos, olhos manchados e nariz amarrotado, como o recorte de duas asas da borboleta, olhinhos mexidinhos, inquietos, pis-cantes, como os da raposa matreira, aquele rapaz de cabelo destacado, a seu lado, seu amigo, falando um com o outro, hirsuto, as cerdas como as de um urso, a multidão figurava-se-me como um jardim zoológico, retrato humano de um povo boçal, crédulo, bárbaro, silvestre, trajado de roupetas arqueo-lógicas, fácies animalescas, gorduroso de banhas escorrentes, faces vermelhuscas avinhadas, um povo cego de obediência a Salazar, de fé no assombroso, não me admiraria se cresse ter visto ali descer do céu Nossa Senhora da Piedade em pes-soa, ruflando os pezinhos esvoaçantes, ameigada de rebanho tão dócil. O *Uíge* rouquejava a trompa de partida, o coman-dante despedia-se no palanque, lançando continências apressadas, salivava, os olhos-de-água da língua a babarem--lhe os lábios, a barriga aos roncos, ansiando pela feijoada de bucho de vaca, avançava trombudo para o *Mercedes,* aper-tava a mão aos oficiais que seguiam no barco, o padre-cape-lão dobrava-se até aos pés, abrindo-lhe a porta traseira, cum-primentos do reverendíssimo Cardeal, dissera, venerador, a charamanga acabara de tocar o hino do exército, arrastava-se com os instrumentos às costas, desdobrando os dedos ou esfregando os lábios, distendendo-os, soltos e repousados, os lenços brancos das mulheres e as pagelas dos santos adejavam trementes, a sirene de uma ambulância recortou-se no céu, soldados-maqueiros furavam o povoméu, um homem, incontido, esmurrava-se, gritando pelo filho, ó Norberto, filho da minha Floriberta, que Nossa Senhora das Dores Brancas te traga de novo, uma mulher, perfeita figura de garça palmídea, alçava sobre a cabeça a cesta do seu bebé, acenando para o marido embarcado, Humberto, Humberto do meu coração, clamava, não te esqueças da tua Albertininha, uma outra mulher, peito como tábua, pernas como caniços, pescoço lívido, braços de espigueiro, cabelo de salgueiro, ameaçava rasgar a camiseta de folhos, o casaquinho de malha, arrepanhava a pele da cara com as unhas vermelhas, baixei-me, virei-me para não ver, escutei urros estrídulos da mulher gritando pelo seu Roberto, subi apressadamente as escadinhas, ladeei de novo o cabo da Polícia Militar, abri a porta envidraçada da sala de oficiais e beijei a face da minha sogra, uma lágrima de sangue tombava-lhe suspensa entre os lábios, carminzada de batom, dei-lhe a mão, apertei-a, nada disse, ela nada disse, o meu sogro mantinha-se erecto, o olhar fixo na distância do Hugo, que na amurada palrava com outros oficiais, vamos, disse, o barco leva uma hora a desatracar, outra a desaparecer no Tejo, o meu sogro acedeu, o que havia a fazer foi feito, disse, contrito.

Com o Hugo ausente, primeiro em Mafra, na recruta, depois na Guiné, deixava-me ficar pela janela-varanda da nossa casa na rua d. João III contemplando as tias ermelin-

das de cesto de vime das compras, passinho miúdo, barriga
sobressaliente aos refegos ondulados sob a blusa escura,
sapatos cambados com o peso da gordura, as pernas abaula-
das, tortas de nascença, apalpavam os nabos no lugar de hor-
taliça, estão murchos, diziam, depunham o dedo anafado no
folhelho da cebola, estão húmidas, criam grelo, não dão para
a salada, protestavam, podiam ser melhores, alegavam as
mais resignadas, chegavam-se à conversa com as donas flo-
rindas do segundo andar, dignas nas saias de fazenda escura
de bainha rodando os calcanhares, velhos sapatins de poli-
mento, plastron sob o colarinho da camisa escura, meias
pretas, cabelos pretos, repuxados, um carrapito na cumeeira,
enflorado por uma violeta de plástico, cara lavada, olheiras
roxas, abriam a malinha de mão sacando do retrato do
marido, enterrado no cemitério dos Prazeres, o meu Adal-
berto, lamuriavam chorosas, ternurentas e saudosas, ou do
filho pára-quedista morto em Angola, o meu Felisberto,
buscavam apressadas o lencinho branco de algodão escon-
dido no punho da camisa de botão, desdobravam-no com
dedos dançantes, levando-o aos olhos chorantes, desorbi-
tando-os, clamando pela Virgem de Almortão, Senhora da
Resignação, pela Nossa Senhora da Agrela, Não Há Santa
como Ela, um enterro repontava na igrejinha fronteira, a
viúva socando o peito duro, os filhos de preto escuro, gritos
plangentes, bocas dolentes, olhos lacrimosos, lábios torturo-
sos, o padre de saia rendilhada de cambraia, estola violeta
sobre renda preta, o finado aprisionado no caixão envolto no
dobrão de um manto de cetim branco, a carreta envidraçada
de janela fumada, a porta traseira franqueada, uma criança
de boca fechada, travando o pavor, o horror, o temor, o terror, o estupor, o assombro, passavam as varinas do peixe, de

canastra à cabeça, tamancos nos pés róseos, as pernas brancas e rijas, vai chaputa, freguesa, clamavam duas irmãs, joelhos redondos como maçãs, avivavam a voz, topavam-me à
varanda e, vivazes, clamavam, embevecidas, vivinha da costa,
eu não percebia, a nossa cozinheira chegava-se, dizia que
não, perguntava, superior, enfadada, se tinham pescada, não,
só sardinha e raia, a criada arredava a mão, explicava-me, cá em
casa não se come raia, ordens do Senhor, eu lembrava-me,
judeus não comem peixe sem escamas, quezilava, mandava a
cozinheira à rua comprar raia, o Hugo partira para Mafra, a
fazer a recruta, regressava ao fim-de-semana, desfardava-se
no carro, tinha vergonha de se me apresentar uniformizado,
da rua a varina sorria, estranhava que eu mandasse a criada
à rua, as outras senhoras esperavam no patamar do andar,
obrigavam-na a subir, a cozinheira lembrava-mo, eu irritava-me
de novo, o lábio superior teso, a testa cruzada, mandava-a,
áspera, lá abaixo, coitada da peixeira, subir quatro andares
com a canastra à cabeça, voltava para a varanda-janela, um táxi
verde e preto estacionava ao fundo da rua, um homem calvo
despontava na porta de um prédio, de pasta preta na mão, o
chapéu na outra, mirava os sapatos, esquecera-se de os
engraxar, levantava o pé e esfregava o sapato na fazenda das
calças cinzentas, esticava o casaco azul sobre a camisa branca
imaculada, alisava a gravata azul, entrava no táxi, este partia,
ronronando esforçado o motor, o ribombar deste perdia-se
ao longe, eu regressava à poltrona de leitura, escolhia um
livro, Albert Camus, em francês, Evelyn Waugh em inglês,
passava o resto do dia a ler, contemplando pelo vão da janela
os pombos a pousarem nos ramos áridos dos jacarandás e o
sol a tombar sobre as traseiras dos prédios, a criada de dentro preparava-me um banho, a cozinheira assomava à porta

da sala, redondinha, de bata florida e avental preto, testa para cima, superior, inquiria-me, bife de vitela ou filete de pescada, eu escolhia pescada, mandava juntar feijão verde para dizer alguma coisa, o telefone retinia, alguém da família do Hugo inquiria se estava tudo bem, se precisava de alguma coisa, podia mandar o motorista buscar-me para jantar com eles, alegava uma vaga dor de cabeça, um parente ousado convocava-me para assembleias na sinagoga, serviço de voluntariado, eu dizia que sim, lá estaria, telefonava no último minuto a pretextar novas dores, enjoos, más disposições, tantas vezes as aleguei que me obrigaram a ir ao médico, cuidadosos com a minha gravidez, fui para ocupar o tempo, o médico mandou-me dar grandes passeios no Guincho, na mata, ou nadar na piscina do hotel Estoril, assim o fiz, socorria-me de tudo o que pudesse encher o tempo, ao fim da tarde a campainha retinia um som chocho, a criada apressava-se, atravessava o corredor a limpar as mãos a um pano de cozinha, que desaparecia debaixo do avental branco, abria a porta, eu escutava através do corredor, era a porteira, vinha oferecer-me tigelinhas de marmelada, cozida por ela, o açúcar no ponto, castanho cor da terra, cobertas por uma toalhinha branca bordada em ponto *richelieu,* suplicava em voz murmurante que não nos esquecêssemos de devolver a toalhinha, fora a nora que a bordara em cor de amora, eu aparecia de repente com uma caixinha de quatro bombons ingleses, recheados com licor de anis, que me habituara a derreter na boca à noite enquanto via televisão, a porteira agradecia, guardaria para um dia de festa, o aniversário do filho, apontava para a minha barriga, tomara ela que tivesse netos bem depressa, dizia, pelava-se por crianças, eu não percebia a palavra «pelava-se», a criada, para despachar, dizia que me explicava depois, eu aconselhava a porteira a pôr os bombons no frigorífico, amoleciam se não fossem comidos nos dias seguintes, ela não tinha frigorífico, o salário do marido não dava para o comprar, andavam a juntar dinheiro, talvez no Natal, disse, eu por mim prefiro o frigorífico mas o meu marido quer uma televisão, alvitrei que a senhora comesse os bombons, não os dê a ninguém, merece um miminho, vai ver que gosta, a porteira arrepiou a testa, escandalizada, não, não, era pecado, dizia, distribuiria por todos lá de casa, eram seis, eu abri os olhos para a criada, ela foi buscar mais dois bombons, aleguei indisposição, pus a mão sobre a barriga, a porteira sorriu, mandou-me familiarmente embora, como se fosse minha tia, sofressem os homens o que as mulheres sofrem e os filhos desapareciam do mundo, disse, dava-lhe razão meneando a cabeça, sentava-me de novo na poltrona, traçando esforçadamente a perna, lendo Alexandre O'Neill, perguntava-me o que fazia ali, duas mulheres a criadar-me, um filho a crescer em mim e um marido ausente, morrendo todos os dias em mim, aprestando-se para desaparecer durante dois anos, porventura regressando morto.

Felizmente veio contigo o Ministro e a mulher, gosto deles, são católicos mas desenvoltos, o Ministro é muito agitado, sempre a falar e a fumar, gesticulando, decidido, tem sofrido ameaças, disseste-me uma tarde que requisitara uma arma e aprendera a disparar, eu atirara os olhos para o ar, não entendia, repliquei-te, pensava que Portugal era Europa, os ministros não andavam armados, tu respondeste-me, calma, calma, antes de eu morrer Portugal será Europa, veio também aquele teu ministro contabilista, de barriga opípara, gigantácea, patilhas ribatejanas, poupa marialva, matinalmente desfrisada a quente, espreita uma hospedeira de uniforme cor de cerejeira, aprecia-lhe a passada rija, as pernas altas, mira-me de olhos baixos como por baixo me vigiava o inspector da PIDE que apreendia os livros da Urso Polar, eu soerguia-me da secretária e afrontava-o com os meus olhos livres, ele baixava os seus, tremia as pálpebras, a comissura dos lábios a pulsar, sincopada, são homens sem o instinto da liberdade, ditadores se o tempo é de ditadura, comunistas se o ambiente é comunista, democratas hoje porque o tempo é de democracia, sei que confias no Ministro católico, ainda que não seja do teu partido, no ministro das contas não confias, tolera-lo, tratava da sua vidinha no estrangeiro enquanto tu lutavas no parlamento antes do 25 de Abril de 1974, exigindo a libertação dos presos políticos e o fim da censura na imprensa, há-de chegar longe esse ministro guarda-livros, desprovido do sangue da liberdade, um país que é todo igual a ele, medroso e servil, mesquinho, subserviente, funcionariozinho escrupuloso, respeitoso de disciplina arcaica, bom aluno de professores obtusos, só se dará por satisfeito quando te substituir e Portugal se jorrar a seus pés, são todos assim. Vim a correr da Urso Polar, passara o dia reunida, queria lançar uma colecção de livros portugueses, e repetia aos meus colaboradores, portugueses-portugueses, não de esquerda ou de direita, uma colecção que recuperasse autores que tinham escrito sobre as virtudes e as imperfeições de Portugal, vinham-me à memória os nomes de Teixeira de Pascoais e Leite de Vasconcelos, Jorge Dias, o meu mais próximo colaborador insistia que Teixeira de Pascoais era de direita, direita assumida, dizia ele, de boca aberta e narinas ofegantes, a pentelheira a escapar-se em tufos da gruta das orelhas, óculos de lentes garrafais vomitados para a ponta do nariz, enxergando-me inquieto sobre eles, eu viera do estrangeiro, lera Pascoais e parecera-me português-português, o conteúdo dos seus livros vibrava para além dos tempos, eu dava exemplos, frases soltas, mas a ninguém convencia, o tempo de hoje é político e a política sobrevaloriza-se a si própria, típico de povos pobres, o momento domina o tempo, Pascoais vai ter de esperar, ia pensando, se o livro não se vender caio em descrédito, os meus colaboradores olham-me de lado, não posso arriscar, eles reflectem o gosto do leitor, o meu editor assentava os óculos, abanava satisfeito as melenas, chocalhando o dedo mínimo no ouvido direito, impusera a sua política editorial, a camisa aos quadrados azuis e brancos de intelectual de esquerda, as mangas arregaçadas até ao cotovelo, símile da classe operária, a perninha miudinha a-dar-a-dar, os dedos tamborilando apressados no tampo da mesa, abrindo as mãos para o mundo, ostentando a evidência de Teixeira de Pascoais ser de direita. Esperamos na sala VIP, o Almirante insignificante despede-se de ti, serventuário, nauta sem armada, espreitando a oportunidade da carreira, mente de burro agaloada de cavalo de tiro, a oposição alega que subiu na carreira da marinha denunciando subordinados revolucionários, logo demitidos e levados para o presídio de Elvas, vai viver muito tempo, aperrado na sua coragem de gabinete, beija-me a mão, sinto-lhe a humidade dos lábios gordurosos, o aroma de laca-da-índia no cabelo empastado, enoja-me, intuo que este marinheiro de água doce representa o Portugal dos «familiares» da Inquisição, o Portugal dos sicofantas da Intendência-Geral do Pina Manique, o Portugal dos vira-casacas da República, dos informadores das polícias políticas, que denunciam vizinhos e amigos em troca de emprego na função pública, raspo as costas da mão na ponta do casaquinho bege, olho para o lado, ah, afinal lá vem o Ministro das contas ao beija-mão de escravo, os cálculos não batem certo, diz sempre, ostentando balancetes rugosos e cinzentos, da cor das suas faces, o teu dedo atravessa as contas do Ministro, confirmas, são opções políticas, repetes, falas em direitos sociais, é preciso cortar, redargue o Ministro, testa comezinha, curtinha, limitada, sombreada pela popa cabeluda, nariz esborrachado, denunciando ancestralidade mulata, a pele do pescoço escaldada da raspação matinal, a maçã-de-adão sobressaída em bico de galo capão, falas em respeito pelos pobres, ias dizer «o próximo», herança do teu rijo cristianismo, levantas a mão cansada, o Ministro do deve e haver percebe o teu enfado, baixa a cabeça servidora, olhar submisso, lábios achatados de contrariedade, afasta-se, zeloso, recuando, cuidadoso, receando voltar-te as costas, efeito atávico de servo camponês, olhas para mim, sorris, os teus olhos verdes refulgem, soletro mudamente a+mo+-te, acenas que sim, proferes de lábios articulados eu+tam+bém+te+amo, o Almirante insignificante, pequenininho, redondinho, sua da cabeladura, uma gota espessa tomba-lhe no interior do ouvido, chocalha a cabeça para não enfiar o dedo no ouvido, parece mal, receio que, chocalhado, o seu cérebro estale, rio-me para dentro, imaginando-lhe as ideias baralhadas como peças de um eterno *puzzle,* respira forte, fareja como os animais, todo ele é um animal espreitando a sua hora de ataque, a única defesa que conhece, olho para ti, olhar de cuidado, estampa-se preocupação no teu olhar, tu percebes, dás de ombros, nada há a fazer, tudo correu mal, querias um velho general ultramarino como candidato à Presidência da República, ele não aceitou, o Ministro católico empurrou-te para o Almirante ignorante, precipitaste-te, concordaste, agora andas com ele ao colo, e, imprevisível e imprevidente, como é teu jeito, jogaste o lance do tudo ou nada, ou o teu Almirante denunciante é eleito ou abandonas o cargo de Primeiro-Ministro, recusando colaborar com o novo Presidente, um general, este apoiado pela esquerda.

10″

Tinha ido a casa da Mãe mostrar-lhe o seu segundo neto quando o Hugo chegou de Bissau, estivera de férias em Lisboa e fizéramos outro filho, agora esperava o Hugo em dezembro, regressado no *Uíge,* mas a sua qualidade de oficial, mais o apelido da família, e porventura algum dinheiro atirado por baixo da mesa na messe de oficiais, facilitaram-lhe o regresso de avião, e adiantado quase dois meses, telefonou-me de Lisboa, alegre, confessou que não suportaria mais um ano de guerra, ia ter comigo a Estocolmo, tinha avião na semana seguinte, precisava de uma semana para regularizar o passaporte, eu tinha viagem marcada para Lisboa esse fim-de-semana, o Hugo suplicou que não viesse, precisava de aliviar-se de Portugal, eu que ficasse, mas eu não queria ficar, tivera umas desavenças com a Mãe e a minha irmã, insistiam em que regressasse depressa a um país civilizado, diziam-no assim, convencesse o Hugo a voltar às filiais das empresas da família em Londres ou Nova Iorque, Lisboa não era cidade para uma escandinava, reforçavam, espelhava-se na minha cara uma tristeza de séculos, via-se, alegavam, desmaiara-se-me o verde do olhar, o cabelo tombava em farripas, sem vigor, a pele dos pómulos enrugara-se, emagrecera, levantavam-me

as saias e contemplavam as minhas pernas finas, as canelas
avermelhadas pelo sol de Lisboa, os ossos obtusos dos joelhos, a Mãe enganchara a mão no meu braço, cabia todo
nela, quatro dedos contra o polegar, a minha irmã afiançava
que em Lisboa eu endoidaria, passara aqui uma quinzena de
dias, os suficientes para se certificar, espantada, de que a religião era mais sólida do que a ciência e que Portugal vivia
inteiro do seu passado, é um país sem futuro, dissera à Mãe
no retorno a casa, ela está a ficar como o país, disse, até tentou justificar-me a ida do Hugo para a guerra, é verdade, fi-lo,
ele era o meu marido, não queria envergonhar-me do Hugo,
falei à minha irmã da defesa dos valores europeus em África,
estávamos numa casa de fados, ia-lhe traduzindo as letras das
canções, ela comentara, um povo torcido por dentro, e já te
torceu a ti, mas não me justifiques uma guerra de brancos
ricos contra pretos miseráveis. O Hugo pediu-me para nos
encontrarmos em Londres, sós, sem o filho acabado de nascer, levasse uma foto dele, chegaria, depois passaríamos por
Estocolmo a buscá-lo, hospedámo-nos num hotelzinho de
Livingston Street, onde se saboreava boa geleia de maçã, em
cujo antigo sótão tínhamos feito amor pela primeira vez,
antes de nos termos casado. A alegria do Hugo não foi cor-
respondida, eu passara dois anos em quase total solidão, sentia-me feliz por o Hugo se ter livrado da guerra, mas um
chumbo frio substituíra em mim o fogo do amor, no avião
para Londres recordei a sua última carta, formal, um escri-
turário a escrever, a vida em ganhos e perdas, os negócios da
família de vento em popa, aceleradas as exportações de óleos
e ferragens para Angola e Moçambique, o futuro dos filhos,
a promessa da venda da casa da avó materna e a compra de
uma vivenda no Estoril, terminava confessando-se feliz por

doravante nada no mundo nos separar, eu encolhia os ombros em jeito de desabafo, os dois anos de separação do Hugo tinham-me feito ver que o papel de esposa e mãe não era para mim, tinha descoberto nas duas traduções de livros políticos ingleses que fizera para a editora do meu padrasto uma criatividade que me realizava, projectos era o que eu queria para a minha vida, não as algemas de ouro de uma vivenda com jardineiro e dupla casota de cão, o chumbo frio irrompeu quando fui buscar o Hugo a Heathrow, prometera a mim mesma ostentar o sorriso branco e o olhar de diamante dos amantes, mas não fui capaz, limitei-me a um desabafo, finalmente, disse, como se exorcizasse um sonho mau, mirando o Hugo com o olhar de uma mãe conferindo o corpo inteiro do filho, o Hugo agitava-se entre o malão da *Dior* e um pequeno saco de viagem, deixou tombar o primeiro no chão, entornado do carrinho do aeroporto, abriu os braços peludos, dos punhos da camisa sobressaía uma mancha de pêlos pretos, assemelhei o Hugo a um gorila africano de braços esticados urrando vitória e deixei-me prender entre aquelas duas gruas de força, abafada no seu peito, respirando uma suave água-de-colónia italiana, demo-nos as mãos e afastámos os corpos, olhámo-nos frente a frente e o chumbo frio regurgitou na minha garganta, assinalando que toda a minha vida seria presa daquele corpo grosso, o pescoço duro, a barriga africana salientada de cerveja, a vaga calvície fronteira que lhe alteava a testa, vómitos não senti, mas um desgosto fundo por me imaginar os próximos cinquenta anos vigiada por aquele olhar negro de funcionário das finanças internacionais, aquele cheiro a dinheiro que o perfume italiano adocicava, libertei as mãos, recordei as palavras da minha irmã, és sempre uma mulher livre, dissera

ela, despedindo-se de mim no aeroporto de Estocolmo, sou
mãe solteira e dou-me bem, eu tentava perceber como fora
possível o Hugo ter-me abandonado dois anos em nome dos
interesses da família, ri para disfarçar, apontando para a
mala caída, um carregador irlandês já a aprontava no carrinho, o Hugo puxou da carteira, sacou meia libra, eu olhei
para o lado, para o fundo, para o ar gélido do aeroporto,
desviava a cara, tudo para o Hugo se resolvia através do
dinheiro, o dinheiro enojava-me, três dias estivera com o
meu padrasto a aprender a negociar *royalties* de livros, virei
as costas ao Hugo, que ajudava o carregador a endireitar a
mala e a depositar o saco sobre esta, forcei o passo, avancei
para o balcão de carros de aluguer, o Hugo de braços abertos, chamando-me, empurrando o carrinho, escolhi um
Mini 1000, o carro mais pequeno que havia para alugar, o
Hugo protestou, queria experimentar o *Chevrolet* que tivéra-
mos em Nova Iorque, eu dava o caso por encerrado, passava
o cheque, o Hugo folheava o catálogo dos carros disponíveis,
a foto na parte superior da folha, as características técnicas
na inferior, o empregado saía do balcão e indicava-me o par-
que de estacionamento dos carros alugados, eu recebia a
chave e os documentos, o Hugo fechava a boca, espalmava
os lábios, corria atrás de mim empurrando o carrinho, que
lhe atropelava os pés, exigia uma explicação, ele escolheria
um *Chevrolet* americano, repetiu por duas vezes, eu abria a
porta do lado direito do *Mini,* sentava-me no lugar do condutor, passava-lhe as chaves para ele arrumar a mala na bagageira, o Hugo pesaroso, incomodado, o malão não cabia, saí
do carro, alcei a mala aos solavancos, empurrando-a com o
joelho, joguei-a para o banco de trás, pronto, disse, esfregando as mãos do suor do Hugo, que empastara a alça da

mala, transpiras?, perguntei, admirada, o Hugo, atrapalhado, replicou, foi o calor da Guiné, passei a suar, ah, disse eu, limpando as mãos ao casaco amarelo de fazenda, o Hugo reparou no casaco, ralhou-me, muito viçoso, disse, dá muito nas vistas, eu respondi, mentindo, em Lisboa tenho outro, verde-canário, vi o Hugo espantado, os olhos pulados, a testa inclinada de assombro, que se passa contigo?, perguntou, fechado, as pernas hirtas, o coração a pulsar sob a camisa, inesperadamente puxei-lhe a ponta da gravata cinzenta, elevei-me nas pontas dos pés e beijei-o, roçando-lhe prolongadamente os lábios, vamos para o hotel, querido, disse, o Hugo espiara para os lados, não é bonito dar beijos na rua, disse, eu já entrava no *Mini,* ligava o motor, disse-lhe, entras ou tenho de fazer amor sozinha esta noite, o que faço há dois anos. Em Covent Garden, no dia seguinte, vi pela primeira vez uma rapariga de mini-saia, não teria mais de vinte anos, loura, coxas carnudas, botas douradas de couro falso a rasar o joelho, tacão alto, não me ficava bem, disse, sou demasiado alta e demasiado magra, o Hugo alçou os olhos ao céu e exclamou, parece uma negra de Bafatá, andam despidas, com um panéu à volta da cintura, em Bissau já é proibido, libertei uma gargalhada com a comparação do Hugo, vou comprar uma, disse ao Hugo, uma quê?, perguntou ele, uma mini-saia, respondi, é a moda, não ia, era só para o assustar, mas ele replicou, beiçudo, bem português, proíbo-to, eu respondi, peço o divórcio – foi a primeira vez que esta palavra irrompeu entre nós, o Hugo voltou-me as costas, corri a seu lado, passei-lhe os braços pelo pescoço, apertei-o contra mim, pedi-lhe desculpa, o Hugo disse, enfatizado, não se brinca com coisas sérias, apeteceu-me perguntar-lhe quem estava a brincar, mas não o fiz. Bebemos chá verde paquistanês e comemos bolinhos de manteiga, o Hugo experimentou no chá uma especiaria em pó de cravo a conselho do dono do bar, estalou a língua e esguichou os lábios, meneando a cabeça, apreciando longamente o sabor, recordei-me de velhos suecos bebendo cerveja pura de cevada e lendo o jornal para passar o tempo, discutindo o travo amargo de cada marca de cerveja, era o que me esperava em Lisboa, um homem a contar dólares de dia e a apreciar o sabor do vinho do Porto à noite, à lareira, contei ao Hugo a história da Mary Quant e da *Bazaar,* a sua loja de roupa barata em King's Road, falei-lhe na Twiggy, modelo célebre das *passarelles* dos últimos anos, macérrima, era o novo ideal de beleza, as minhas pernas assemelhavam-se às dela, poderia experimentar o mundo da moda, disse-o desajeitadamente, o Hugo percebeu que apenas caçoava e prometeu investir numa empresa de moda se eu aceitasse desfilar de mini-saia, mas tens de ser a primeira em Portugal, gracejava, eu ria-me, como outrora me rira quando ele me pedira em casamento e eu imaginava Portugal como uma terra africana, de palmeiras, haréns e caravanas de camelos, é preciso casarmo-nos mesmo?, perguntei-lhe. No avião para Lisboa falámos dos *hippies,* tínhamo-los visto no Hyde Park, multicoloridos, esfuziantes, fáusticos, adoradores de um novo Dionísio, cantavam e tocavam guitarra, rodearam-nos perto da Serpentine, beijaram-nos as mãos, cobriram-me o cabelo de flores lilases e folhas castanhas, e continuaram, em bando, urrando vivas anárquicos ao amor e à beleza, o Hugo, sentindo-se rodeado, riu-se, nervoso, trancou as abas do casaco com os braços em cruz, temendo que lhe roubassem a carteira, acompanhei-os numa breve dança de roda, com meneios de passadas irlandesas, despediram-se um a um com a bênção de *peace and love,* o Hugo praguejou, ingénuos, disse, eu retorqui, cabe aos ingénuos endireitar o mundo que os espertos têm entortado. Foi um tempo de confidência a nossa semana em Londres, o Hugo teve de ir à embaixada, foi recebido pelo embaixador, fiquei numa saleta, esperando, sentada frente ao retrato de Salazar, emoldurado num caixilho de madeira prensada, barata, pintada de verniz dourado, ostentava as faces decadentes de um homem torturado pela velhice, a pele desmaiada, a mancha escureácea da barba rasada até à raiz, os olhos fixos como tachas pretas, lábios delgados descoloridos, presos um ao outro, o de cima desaparecido, no de baixo repontava uma lâmina de pele enegrecida, o nariz direito, pronunciado, o cabelo branco repuxado violentamente para trás, escorrido e espalmado, grudado à forma da nuca, escondendo a calvície da idade, ladeado por duas orelhas vermelhudas monstruosas, testa alta e curtida, esbranqueácea, o refego da carne gorda na papada do queixo, um casaco cinzento de fazenda havia uma década fora de moda, o nó miudinho da gravata escura, o tronco inteirado, calculista, inclinado para a frente, falsamente sugerindo acção, o dedo demonstrador espetado, como quem ordena, seguro e confiante, denunciado porém pela angústia do rosto figurando um homem fora do tempo, os ombros abaulados pelo peso da História, durante meia hora olhei Salazar nos olhos, ora dele me apiedando, um camponês vindo do princípio do século para endireitar o tempo torto do fim do Império, ora representando-o como um espectro cuja presença bloqueara Portugal, o embaixador viera cumprimentar-me, doce e melífluo nas suas convicções, como todos os embaixadores, jogando nas meias-palavras um contínuo compromisso com o sem compromisso;

eu e o Hugo almoçámos em Chelsea num restaurantezinho judaico há muito nosso conhecido, e passeámos à tarde, desprevenidos, pelas lojas de Oxford Street, todo o dia me apiedei do Hugo como me apiedara do Salazar, na noite anterior contara-me histórias da Guiné, como começara a fumar, encostado ao tronco de uma palmeira, escutando os veteranos contando histórias da guerra, todos fumavam cigarros americanos, o Hugo experimentara, minorava-lhe o remorso de fazer guerra de secretaria, em Bissau, no Comando-Geral, narrou-me como torturavam os pretos informadores dos turras, um alferes-comando, de Setúbal, sacava-lhes o olho esquerdo com o punhalim, metiam os presos no canil a lutarem contra pastores alemães açulados, os cães abocanhavam os peitos dos pretos, esfacelavam-lhes as coxas, pedaços de carne humana ensanguentada a tombarem-lhes da dentuça, os soldados no redondel de caniço, a beberem bagaço e a fumarem cigarros *Marlboro,* um furriel fazia colecção de fotografias, fotografava um preto de barriga aberta, a fiada dos intestinos à mostra, lamentava-se de ser o rolo a preto e branco, a cores seria mais natural, usava um porta-chaves de orelhas e falangetas desidratadas de terroristas, o alferes--comando atava os turras presos que se recusavam a falar à traseira do *Unimog* e desaparecia na picada, acelerando, regressava com a corda solta, ratada, um soldado de Afife, voluntário, cara glabra rosada, olhos de menino, inventara um concurso, escarificava o peito dos turras presos com uma faca de lâmina ao rubro perscrutando o que urrava mais alto, um negro volumoso, fula, corpo proporcionado como um Adónis grego, fácies mansa, esfíngica, o ébano dos olhos ressumando serenidade, recusara-se a gritar, o soldado de Afife matara-o à punhada e à cacetada, o peito e as costas uma

chaga viva, em sangue, a pele carbonizada, uma lâmina preta
de carvão, estragara-lhe o concurso, o fula; o Hugo falou-me
de tabancas queimadas, o régulo não cooperava com os portugueses, os *Flechas,* comandos negros, incendiavam as
palhotas, destruíam os campos de inhame, enforcavam os
homens nos ramos dos embondeiros, estupravam as mulheres pretas e arrancavam-lhes as crianças, abandonando-as no
escuro da mata, que aprendessem a lição e não apoiassem os
turras, como os pais, as mãos do Hugo tremiam, o olhar
endurecia, imobilizado, sentado na cama, cotovelos nos joelhos, mas logo aliviava a dureza com uma graçola, referia-se
ao comandante da companhia, vá lá, tinha bom gosto, subs-
tituía o vinho rafeiro servido às refeições por *Barca d'Alva*
encomendado a um mascate libanês do cais de Pidjiguiti, no
fim bebíamos sempre um balão *Vat 69* – pensando bem, foi
o que me conquistou quando ambos éramos alunos em Londres, mais o seu cabelo preto e o relevo moreno da pele, os
olhos negros de azeviche, mas sobretudo o sorriso branco,
aberto, era a sua forma de viver, ensimesmado, suspeitoso,
mas sempre gracejando, quando conheci a sua família constatei que era um traço comum, para os judeus o humor é
uma força de vida, uma reacção natural, o seu modo de par-
ticipar numa comunidade que se limita a consenti-los;
quando, depois de Londres, o Hugo foi estudar para Harvard, notabilizava-se pelo silêncio e pela piada certa, para os
professores era um aluno atento mas mudo, para o pequeno
grupo dos nossos colegas um companheiro satírico e mor-
daz. Na última tarde de Londres, bebemos chá *orange pekoe*
e comemos bolo inglês a saber a banha, eu pousei a minha
mão sobre a sua e disse-lhe, séria, aplicando mal as palavras
em português, Hugo, temos de «reparar» a nossa vida, ele

riu-se, queria emendar a palavra «reparar» mas não encon-
trava termo substituto, não percebia, o que queres dizer?,
perguntou-me em inglês, senti-me absorta, ia responder em
inglês, ele apressou-se, queres dizer que temos de refazer a
nossa vida?, eu meneei a cabeça, disse que não, não quero
refazer, quero criar uma vida nova, dois anos de solidão
encheram-me de tédio, estou cansada de ser mãe e dona de
casa, retorqui assim mesmo, queria confessar-lhe que a
minha vida em Portugal fora vazia, havia um vazio que me
asfixiava, as *toilettes* de senhora asfixiavam-me, os saltos altos
nos sapatos de senhora asfixiavam-me, os lances de *bridge*
asfixiavam-me, as notícias oficiais no *Diário de Notícias* asfixiavam-me, sentia-me moribunda em Lisboa, os jantares
com a família do Hugo asfixiavam-me, acordava de manhã
com vontade de que fosse noite, o Hugo sorria, fora a solidão, explicava-me, complacente, ele regressara, tudo seria
diferente, vou fazer de ti a sueca mais feliz do mundo, dizia,
de sorriso trocista, mastigando uma fatia de bolo inglês, ah,
sim, sim, dizia eu, irónica como ele, de manhã estás num
escritório, à tarde noutro, ao fim da tarde conferes a Bolsa,
e eu?, perguntava, o Hugo respondia à português, tens os
nossos filhos, fazemos outro, tens uma casa, eu amuei, baixei o olhar, entretive-me massacrando com o dedo as migalhas do bolo no prato e soltei a frase que para sempre nos
separou, tenho uma vida por viver, Hugo, este abriu a boca,
uma massa roída de bolo espreitava entre os lábios, deposi-
tada no vale da língua, a tua vida é a minha vida, disse, com-
penetrado, jovem mas falando como um senhor, os nossos
filhos precisam de uma mãe, eu ataquei, nem eu nem tu pre-
cisámos de uma mãe, fomos educados em colégios internos,
o Hugo respondeu-me com razão, era outro tempo, mas

condescendeu, mais tarde os nossos filhos poderão frequentar colégios na Inglaterra ou na Suíça, agora não, são bebés, eu abri as mãos e disse, tens razão, Hugo, e lancei o olhar para a rua através da montra decorada com saquinhos e latinhas de chás exóticos, quando nos levantámos eu já decidira «reparar» a minha vida em Lisboa, iria trabalhar, montaria uma pequena empresa, pediria capital à Mãe ou ao meu padrasto, ou usaria o legado deixado pelo Pai, ao Hugo também, ele poderia entrar como sócio, mas a direcção da empresa seria minha.

O Hugo despachou-se da tropa e regressou à administração dos negócios de família, nunca mais me falou de atrocidades de guerra e se porventura eu lhe lembrava os tempos da Guiné ele arrepiava a mão e desviava a conversa com um seco, pois, pois. O filho de uma família nossa amiga, também judia, terminado o curso de engenharia de minas na Alemanha, regressado a Portugal, fora incorporado, pediu conselho ao Hugo, admitia a hipótese de fugir para um país escandinavo, eu apoiei-o, dava-lhe o contacto da minha família na Suécia, país que recebia exilados políticos portugueses e desertores da guerra colonial, o Hugo mandou-me calar rispidamente, fez-lhe ver que o seu acto comprometeria os negócios da família em Portugal, que ele era mais do que «ele», o Hugo disse-o assim mesmo, és o elo de uma corrente, clamou, sério, histórico, devia pensar nos seus pais e nos futuros filhos, Portugal acolhera a sua família no século XIX, salvara-a das perseguições anti-judaicas do final daquele século, salvara-a do holocausto alemão, nunca a privilegiara mas permitira-lhe investimentos avultados, concedera-lhe crédito financeiro, a comunidade de que ele fazia parte engrandecera-se, levantara sinagoga, era respeitada, por vezes temida devido à sua influência nas finanças internacionais, ele seria o primeiro judeu a fugir à guerra colonial, envergonharia a família, a comunidade, suspeitar-se-ia que os judeus portugueses albergavam «traidores à pátria», sentimentos raivosos recalcados espreitariam, dar-se-ia azo a uma ou outra crónica maldizente no *Diário de Notícias,* que pensasse bem antes de fugir e sobretudo pensasse que quando fugisse comprometeria o prestígio e a história de uma comunidade inteira, olhei para o rapaz, as costas pesavam-lhe, dobradas, as mãos passivas sobre o tampo da mesa, o olhar mortiço de resignação, o Hugo falara-lhe ao coração, ao vínculo da raça, acertara em cheio no brio de um judeu português, eu intrometi-me, ofereci-lhe novo café, sugeri-lhe um *brandy* forte, aceitou, eu disse ao Hugo que a dívida dos judeus para com Portugal era menor do que a dívida de Portugal para com os judeus, o Hugo interrompeu, eu não sabia o que era ser judeu, ia replicar mas o Hugo cortou-me a palavra de repente, mandou-me calar, alteando a voz, servi o *brandy,* o café, o Hugo enfatizava para o amigo, faz como eu e daqui a dois anos estás cá de novo e nem deste pelo tempo a passar, eu ia perguntar como o Hugo fizera porque eu sentira rijamente o tempo a passar, mas ele já o dizia, passa despercebido, é o conselho que te dou, está como se não estivesses, faz de maneira que ninguém note a tua presença ou a tua ausência, não me contive e disse, voz alterada, é assim que tu vives, vives como se não vivesses, o Hugo replicou, é assim que me habituei a viver, para um judeu a invisibilidade é a felicidade, quando menos se dá por ele mais é feliz, não eras assim em Londres, disse eu, agastada, sempre fui discreto, redarguiu, mas brincavas, retorqui-lhe, brincar é um modo de pertencer a quem nos acolhe, fugir é violentarmo-nos, respondeu sem brilho, eu calei-me, vi que o rapaz ia seguir o conselho do Hugo, não havia nada a fazer, mas consciencializei, quando nos deitámos, que o Hugo tinha vindo a aplicar-me, havia sete, oito anos, o conselho que dera ao rapaz, eu também me tornara invisível, vivia como se não vivesse, estava como se não estivesse, podia morrer que, tirando a família, ninguém daria pela minha falta, meu deus, gritei mudamente sob o dossel branco da cama, não o consintais, permiti que, viva ou morta, sempre que não esteja as pessoas sintam a minha falta e, se presente, que se saiba quem eu sou.

20″

Foi tudo muito rápido, o Secretário informou-nos de que não poderíamos seguir para o Porto na carreira regular, perguntei porquê, em inglês, foi um descuido, tu, surpreso, olhaste para mim, o Secretário olhou para mim, barbas pálidas, aparadas, penteadas, pensei, tão novo e já de barbas brancas, repeti a pergunta em português, tu encaminhavas o passo para a outra porta, o Ministro católico seguia no *Cessna,* um bimotor disponibilizado por um empresário do Norte para a campanha eleitoral, ofereceu-te os lugares vagos, aceitaste de imediato, o Almirante insignificante, barriga alucinante, sobrancelhas peludas, mãos lāzudas, perfilava-se a teu lado, levantava e baixava mecanicamente a mão para se despedir, uma máquina de carne e sangue, domesticada para a guerra, juízo vazio, esmiolado, crânio areado, ficaria em Lisboa, a presidir ao jantar de encerramento da campanha, tinhas decidido à última hora estar presente no comício do Porto, forçarias o eleitorado da tua cidade a escolher entre o teu e o candidato da oposição, três, quatro adjuntos rodopiavam em torno de nós, agitados, orelhas em riste, olhos saltados, encaminhámo-nos para a porta de acesso à gare das avionetas, o *Cessna* rugia os dois motores, um deles falhava, estrondeava aos soluços, rouquejava e apagava-se, mortiço, falava-se num gerador, eu recordei-me da história do Hugo numa avioneta entre Bissau e o arquipélago dos Bijagós, só faltava levar galinhas ao colo e um garrafão de vinho entre os pés, dizia o Hugo, sorrindo, evidenciando nos olhos o medo de que fora possuído durante uma hora, a avioneta avançava aos safanões, contara o Hugo, fazendo gestos apropriados com o tronco e os braços, distendendo-os para logo os imobilizar, a cada sacão éramos projectados contra o espaldar roto dos assentos, depois entrava em velocidade de cruzeiro, pianíssimo, suave como veludo, logo os motores ribombavam, parecendo comer fogo, as hélices giravam invisíveis, era uma daquelas avionetas filhas da Segunda Guerra Mundial; agora era o motor esquerdo do *Cessna* que arrancava aos repelões, forçado por um gerador, tu despedias-te do Almirante insignificante, farda branca rebrilhante, galona rutilante, testa cintilante, olhar esgazeante, fácies em forma de quadrante, regueiras de suor escorriam-lhe pelo pescoço, empapando-lhe o colarinho branqueáceo, encontramo-nos no domingo, na sede da candidatura, disseste, o Almirante regougou três ou quatro vossa excelência, tu agitavas a mão, reparei que o Almirante raspou a mão na aba do casaco antes de te cumprimentar, era mais um almirante de aquário, desses em que Portugal é pródigo desde há trezentos anos, incapazes de ganhar a guerra mais infantil mas de cerviz autoritária atrás de uma secretária, despedindo ordens furiosas e achincalhando os subalternos, à tua frente o pescoço ceposo do Almirante, suado, rebrilhava luzidiamente, um madeiro arredondáceo que se prolongava nas orelhas cabeludas, a pentelheira desgrenhada das sobrancelhas, impuseste o Almirante delatante ao teu partido, que esperava apoiar o

velho General do monóculo, participante na Segunda Grande
Guerra, herói do Ultramar, primeiro Presidente da nova
república democrática, alegara vetustez, não aceitara, o
Ministro católico falara-te neste Almirante de barriga
impante, de aquário mareante, conversaste uma noite com
ele, as suas palavras rastejaram no tapete da sala, e decidiste-
-te de imediato, sabia-lo na tua mão, o pecadilho improvado
de ter denunciado jovens oficiais denotava um homem disposto a baixar a cerviz, o teu partido não percebeu, protestou, falaste de traição e boicote de dirigentes da província,
não organizavam comícios, ameaçaste abandonar o cargo de
Primeiro-Ministro, sentiste necessidade de ir ao Porto, tua
terra natal, jogar tudo por tudo na última noite de campanha, o Secretário abria a porta de vidro, vi o teu reflexo
nesta, esfumado, ondulado pelo gesto de mãos agitadas despedindo o Almirante denunciante, olhei fixamente, o reflexo
do teu corpo dissipava-se lentamente, dissolvia-se na solidez
do vidro, de novo ganhava contornos cinzentos, sobressaía
um recorte onde se aprumava a tua cabeça, o olhar luzido, o
cabelo emplumado, mas, inesperadamente, a imagem do teu
corpo esmorecia, diluía-se, a sombra cinzenta embranque-
cia, sugada pelos reflexos metálicos do vidro, e o corpo do
Almirante de barriga tremelicante, difuso mas recortado,
emergia, substituindo-te, toquei-te no braço, perguntei-te
de novo porque não seguíamos na carreira regular, evitaste a
pergunta, não saberias responder, problemas com lugares,
disseste, insisti, vamos na TAP, é mais seguro, ou não vamos,
retorquiste a sorrir, Portugal não é África, comentei para
mim, não é mas parece, fixei outra vez a gasta fuselagem do
Cessna, agitada, tremendo a cada esforço dos motores,
pegaste-me na mão, sentia-a morna, cálida, como sempre,

nunca te enervavas como nunca te acalmavas, agias e pensavas a meio termo, entre a inércia dos acontecimentos e a vontade de os mudar, mas nada violentavas, nem os factos nem a tua vontade, o Conselho de Ministros da tarde fatigara-te, os gráficos e as tabelas do Ministro das contas tinham-te posto fora de ti, o Ministro via índices, tu a bissectriz política que dava sentido às estatísticas, mas ele, economista sem empresa, não te compreendia, um dia disseste-lhe, para ganhar é preciso saber perder, primeiro o pão da viúva, depois os índices económicos, ele engasgara-se frente aos restantes ministros, falara como se tivesse papas na boca, baixando o olhar, a cabeça, os ombros, a popa do cabelo impante, vacilante, patilhas encolhidas, V. Exa. é que sabe, V. Exa. é que sabe, é o Primeiro-Ministro, replicava, rastejante, explicaste-lhe que não se tratava de impor a tua autoridade, mas de escolher o tempo e o sentido das decisões, Portugal não era a Inglaterra, cinco escudos de aumento num produto significa dois milhões de velhos pobres proibidos de o comprarem, uma taxa de pagamento nos hospitais públicos significa a impossibilidade de centenas de milhares de mulheres reformadas de acederem às consultas, o encerramento de uma maternidade sacrifica milhares de mulheres trabalhadoras, o fecho de uma escola o apagamento do único foco cultural de uma aldeia, explicavas ao Ministro que o teu governo era democrata, o teu partido social-democrata, não liberal, insensível aos desprotegidos, o liberalismo era um aguilhão para os países ricos se desenvolverem, gordos e sonolentos, mas nos países pobres era uma catástrofe, um genuíno holocausto social, separando ricos e pobres por um fosso intransponível, o Estado tinha o dever de amparar viúvas, órfãos e reformados pobres, o Ministro contabilista,

rancoroso, neto de mulatos, bisneto de pretos escravos dos
sertões de arroz da Comporta, dizia a tudo que sim, tu
punhas ponto final no debate, enfatizavas, Portugal tem dois
milhões de pobres e o mais brutal desnível salarial da Europa,
o Conselho de Ministros findara sem o lançamento de taxas
sobre as consultas externas dos hospitais, notaste um esgar de
rispidez na despedida do Ministro, uma voz excessivamente
serviçal, prestativa, obsequiosa, agradava-te que ele manifes-
tasse despercebidamente a sua contrariedade, dizias-me, ele
tem coluna, vês?, venço-o mas não o convenço.

Torno a olhar para o vidro da porta, esfuma-se de novo
a tua figura, os olhos desaparecem, duas covas escuras, arre-
pio-me, procuro-te, a minha mão na tua, o Secretário
apressa-te, largas a minha mão, arrastando o dedo anelar
sobre a palma da minha, recordo quando o Hugo libertou a
minha mão na Rocha Conde de Óbidos, também arrastando
o dedo anelar, caminhando sofrido para a parada, adeus,
disse, simplesmente, depois de um prolongado beijo, a mãe
do Hugo lacrimejava mas não chorava, altiva, digna, o pai
apertava as mãos, rijas, uma contra a outra, esfregando-as.
Passei a porta de vidro do aeroporto, funcionários agitavam-se
recolhendo as nossas bagagens no porão do *Cessna,* os motores roncavam quentes, suaves, os dois pilotos perfilaram-se
ao lado do escadim, olhei para trás, o vidro reflectia as nossas costas, o Ministro de perfil, o Secretário a três quartos,
escondendo o recorte do teu corpo, apenas um pé teu se
reflectia no vidro fumado, tu e o Ministro falavam, anima-
dos, este Ministro era diferente do das contas, tinha ideias
novas, adaptadas a Portugal, não seguia figurinos estrangeiros, sabia ser europeu sem deixar de ser português, e suficientemente português para ser europeu, ouvi-te clamar que

a eleição do Presidente da República era vital para injectar liberdade onde só havia conformismo, injectar democracia em velhas estruturas políticas autoritárias, responsabilidade onde só se exigia obediência, o Ministro meneava a cabeça positivamente, perguntaste-lhe pelas ameaças, se continuavam, baixara a cabeça, preocupado, levara a mão ao casaco, destacara um chumaço, uma arma, tartamudeara, assustei-me, confessou, requisitei uma arma, aprendi a atirar; comentaste, é assim tão grave?, o Ministro respondeu, fui por três vezes ameaçado de morte se investigasse o «saco azul» das Forças Armadas, toquei no diabo, há oficiais que vendem armas para a guerra civil de Angola, às duas facções, arqueaste as sobrancelhas, o Ministro continuou, dei ordem para que a investigação prosseguisse, viraste-te para a mulher do Ministro, aconselhaste a que dormissem no Forte de São Julião da Barra, três seguranças, o Secretário afadigava-se trocando palavras com o piloto e o co-piloto, queriam cumprimentar-te, suspendiam os lábios abertos à tua frente, manifestavam a sua admiração, era uma honra, diziam, aproximaram-se, perguntaste-lhes os nomes, declinaram-nos, o Secretário interpôs-se, interrogou se estava tudo bem, ambos confirmaram, tudo ok, disseram, o co-piloto elevou o polegar direito e repetiu, tudo ok, houvera um problema com um motor, perguntaste, o piloto assegurou que fora o frio de dezembro, estava gelado, foi preciso dar-lhe energia com o gerador de pista, olhámos para os carregadores, fechavam a portinhola do porão, rodaram o torniquete, forçaram, desviaram a cabeça para o piloto, levantando o polegar, baixando suavemente as pálpebras, afastaram-se, declinando servilmente a cabeça na tua direcção, esboçaste um mudo obrigado, não havia lugares para o teu chefe de segurança e para os dois

seguranças do Ministro, despediam-se, acenando com a
mão, o assessor de imprensa levantou os olhos, também não
havia lugar para ele, seguiam todos de carro, encontramo-nos
no Porto, disseste, o piloto estendeu a mão na direcção do
escadim, tu olhaste para mim, deste-me a primazia, eu hesi-
tei, avancei, dei a minha direita à mulher do Ministro, esta
recusou, eu insisti, ela acedeu, depositou o sapato de pele no
primeiro degrau, o pé esquerdo, eu apressei-me, mas com o
pé direito, tu seguiste-me – com o pé esquerdo –, o Ministro também, com o pé esquerdo, e o Secretário o mesmo fez,
desejei acreditar na Nossa Senhora de Fátima, baloucei o
corpo ao entrar na avioneta, esta basculou, sentámo-nos
atrás, eu e tu, assentos de napa castanha, toalhetes brancos
no encosto da cabeça, o piloto e o co-piloto despiram os
casacos, o piloto pediu a fineza de não se fumar durante a
descolagem, entraram na cabina, eram vinte horas, menos
de um quarto de hora depois descolaríamos, informou o
piloto, amável, deste-me a mão e sorriste, perguntaste-me se
tinha fome, disse que tinha fome de ti, dos nossos silêncios
nocturnos, da hora de xadrez depois do jantar, da chegada
dos nossos amigos ao serão, de sairmos os dois, abafados de
casacos, juntinhos no banco de trás do carro oficial, mudos,
serenos, despreocupados, mirando as luzes do Rato, des-
cendo a Alexandre Herculano, atravessando a Avenida da
Liberdade, subindo o Conde Redondo, desembocando na
Graça, no Botequim da Natália Correia, que assomava à
porta entre o largo fumo da longa boquilha, ordenando a
um par de estudantes, ao modo de mãe, que se levantasse e
nos cedesse a mesa, far-nos-ia companhia pela noite dentro,
era a nossa madrinha, fora ela que combinara o nosso encontro na Varanda do Chanceler, um almoço, dissera-te ser eu

uma princesa nórdica adormecida na brancura da neve esperando o beijo do príncipe encantado que a fizesse viver, não me beijaste nessa tarde, melhor, beijaste-me as costas da mão, não ao modo polido inglês, mas de olhar mediterrânico fixo no meu; espreito para trás, o Ministro tagarela com o Secretário, a mulher do Ministro tamborila os dedos, não me admiraria se estivesse rezando interiormente dez ave-marias, o ronco dos motores do *Cessna* zuniu, fino, silvando, intervalando uns fragores compassados, o co-piloto falava rindo para o piloto, chamava-lhe comandante, que lhe respondia sorrindo, o piloto pediu ordem de descolagem para a pista 18/36, um silvado electrónico de fundo fez-se ouvir, a voz metálica da torre de controle soou, debitando ordens em código, disseste-me, havemos de passar uma noite inteira com a Natália, fecharemos o Botequim com ela, eu ri, afaguei-te o nariz, sujo de um cisco de cigarro, que apagavas no cinzeiro do assento, não pode ser, disse, a Natália fecha o bar às cinco da manhã e fica na rua a falar com as prostitutas, trata-as por dignas vestais de Afrodite, a deusa do amor, oferece-lhes dinheiro para elas irem para casa e elas, envergonhadas, nada tendo que retribuir, perguntam-lhe se querem que o chulo delas a satisfaça, a Natália abre a bocarra de madona e, carregando o sotaque açoriano, que as faz rir às gargalhadas histéricas, clama que de homens tem a vida cheia, já casou com quatro, enviuvou de um, namorou com mais três e concluiu que a força do mundo, a rosa mística que faz girar a humanidade, não pertence aos músculos dos homens, mas à ternura das mulheres – sede mulheres, fazei filhas às carradas, para mudarmos o mundo –, rimo-nos de outra historieta da Natália que contaste, queríamo-la no nosso casamento, quando o houvesse, logo que a tua mulher

te desse o divórcio, não para breve devido à sua mentalidade
obsessivamente católica, eu não me preocupava e tu também
não, o vínculo que nos enlaçava era superior às conveniências sociais, sentíamo-nos bem um com o outro e da nossa
experiência de casados sabíamos que a assinatura na Conser-
vatória do Registo Civil nada mudaria, mas tu eras o Primeiro-Ministro de um país católico, com uma igreja gorda e
influente, a que verdadeiramente ninguém ligava mas que
todos pareciam recear, inexplicavelmente a Igreja sobrevi-
vera à expulsão e extinção das ordens religiosas, na primeira
metade do século XIX, às perseguições anticlericais do final
da Monarquia, às prisões republicanas e jacobinas e à humilhação de se ter encostado ao Estado Novo durante meio
século, perdurando para além do 25 de Abril com uma força
de que se desconhece a origem e a intensidade, mas a que a
crença popular em Fátima não seria estranha; fixei as costas
dos dois pilotos, o cabelo preto aparado, o pescoço liso, os
braços móveis, asfixiados em espaço tão exíguo, uma carlinga tão frágil, olhei para o céu pela janelinha lateral e vi-o
crepuscular, azulíneo mas escuro, como um poço sem
fundo, um buraco escuro aveludado e invertido, iridescente,
salpicado de estrelinhas luzentes, apertei-te a mão, queria
perguntar-te se tudo isto era necessário, a viagem apressada
ao Porto, a corrida aos votos no Almirante insignificante, de
olhinhos de furão e boca rasgada de leitão, tu percebeste a
minha ânsia, garantiste que no domingo seguinte tudo estaria acabado, o nosso Almirante ganharia, a Constituição
seria alterada, o Conselho da Revolução, excrescência do
golpe militar do 25 de Abril, seria extinto, Portugal poderia
aderir à Comunidade Económica Europeia como uma democracia plena, pobre mas plena, com muitos entorses políticos

mas formalmente plena, é esse o teu sonho?, perguntei em sussurro, como se te beijasse, disseste que sim, verdadeiramente eram dois, realizar pela primeira vez em Portugal uma democracia plena, íntegra, genuína, sinónimo de igualdade absoluta entre todos os cidadãos, e integrar Portugal na Europa, totalmente, realizar o sonho que os portugueses perseguem desde o Marquês de Pombal, há duzentos anos, só então abandonarei a política, disseste, reformar-nos-emos, vamos para a tua terra, lá seremos felizes, repliquei que não, o meu é um povo demasiado céptico e demasiado neutro, adiantaste, ninguém lá reparará que não somos casados, retorqui, como não repara em nada que não bula com a sua existenciazinha, só se lhe incendiarmos a casa ou se escassear comida para cão no supermercado, prefiro Portugal, então ficamos em Portugal, disseste.

30″

Foi com dificuldade que me integrei na família do Hugo, que identificava com a dos meus avós, a sombra do pai do Hugo ordenava e perfilava móveis, homens e contas bancárias, era um homem bom, tipicamente judeu e tipicamente português, nem alto nem baixo, nem magro nem gordo, o perfil envelhecido pelos fatos cinzentos, as gravatas escuras e as camisas brancas e azuis que fazem do português de quarenta anos um homem de sessenta, uma calvície vermelhusca tingia-lhe a cabeça aureolada por repas de cabelos brancos, aparadas rente às orelhas proeminentes, onde se encaixava o chapéu de feltro de aba curta e redonda, duas rugas encovadas ligavam o queixo à corcova do nariz, os lábios delgados chapados, as patilhas estreitas e curtas compunham-lhe um rosto precocemente avelhado, que o olhar incendiado avivava, amoçando-o, mas o traje conservador negava, o pai do Hugo era o rei e senhor de dois domínios, os negócios da família, que partilhava com os irmãos que viviam na mesma rua, e o da casa, dois andares finais da rua d. João III, em Lisboa, unidos por uma larga escada interior de madeira de cássia. Quando o Hugo regressou da Guiné o pai preparou um lento recuo no comando das empresas e, com a mulher, retirou-se para a moradia térrea da família em Galamares, perto de Sintra, onde, na garagem não usada, exercitou até à morte o seu prazer de antigo bibliófilo, sua verdadeira vocação desde os catorze anos, restaurando cartulários sefarditas dos séculos XVI e XVII, preciosidades valiosíssimas que o Hugo herdou, onde se contavam as primeiras edições da imprimadoria de Abraão Usque, em Ferrara, Itália, judeu português expulso do reino, que editou a *Menina e Moça* de Bernardim Ribeiro. Entre os abundantes irmãos e primos, o Hugo era o primogénito e o mais dedicado à família, e nem a sua educação inglesa, e muito menos os anos que passámos em Nova Iorque, estremeceram a sua devoção filial: palavra de família só tinha uma origem, o pai, e palavra de pai era palavra sagrada. Entre os muitos negócios da família, de que se destacava o investimento mensal na Bolsa de Lisboa, de Londres e de Nova Iorque, seguido com a atenção e a minúcia só paralela à da leitura da Tora, o Hugo tinha a seu cargo a exportação de óleos, sabões e ferragens para as províncias ultramarinas portuguesas, que a guerra e o surto económico de Luanda e Lourenço Marques exigiam em quantidade crescente, recordo-me de ouvir dizer que cada cargueiro que zarpava do cais da Rocha Conde de Óbidos para as colónias carregado com mercadorias das empresas da família do Hugo somava lucro suficiente para construir um prédio nas avenidas novas de Lisboa. Era habitual, ao jantar, os pais do Hugo – e depois nós, quando ficámos a habitar a mesma casa – receberem ministros ou administradores de grandes empresas internacionais, de que nunca fixei os nomes, nem dos ministros, nem das firmas, muito menos dos administradores, era-me exigido então, como à mãe do Hugo, que me mantivesse em silêncio e apenas respondesse ao que me fosse perguntado, não tivesse opiniões sobre nada e controlasse em absoluto o serviço da mesa. O Hugo, como bom judeu, falava francês, alemão, italiano, inglês, castelhano e polaco – passara seis meses na Polónia, aos dezanove anos, a montar a sucursal de uma firma de consultadoria da família na área da engenharia; recordo que num jantar impressionou vivamente os convidados quando, dispensando o inglês, falando as três primeiras línguas com naturais daqueles países, manteve ainda uma curta conversa em grego com um armador desta nacionalidade – vinha tendo, apressadamente, explicações de grego havia um mês –; se eu tivesse nascido em Portugal de uma família da Foz do Porto ou do Estoril, ou daquelas antigas famílias proprietárias de casarões que cingem os rossios das cidades do interior, ter-me-ia integrado em perfeição na família do Hugo e, se não amado, teria pelo menos admirado o meu marido pelo seu tacto para o negócio e pelo constante enriquecimento da nossa conta bancária, que, devo confessá-lo, não era comum – havia meses que duplicava, a conta pertencia por inteiro ao Hugo, eu apenas podia passar um cheque se o Hugo também o assinasse, mas o Hugo podia passar cheques sem a minha assinatura, eu, porém, nascera no seio de uma família habituada a tudo discutir, aprendera com a Mãe e a minha irmã a tudo debater e a isso fora estimulada pela escola pública que frequentara em Estocolmo antes de ingressar no colégio em Londres, desde o planeamento familiar para não engravidar aos efeitos do álcool na adolescência, a minha mãe e o meu pai, depois o meu padrasto, eram jornalistas, políticos e editores, a nossa era uma família há um século ligada à social-democracia escandinava, que privilegiava as causas da justiça social e que se revoltara contra o analfabetismo do camponês e forçara as congregações religiosas a celebrarem o casamento apenas aos casais que soubessem ler e escrever, obrigando os adultos casadoiros a alfabetizarem-se nos salões das igrejas, o meu avô materno, cujo retrato orgulhoso coroava o principal salão da nossa casa em Estocolmo, lutara pela reinserção social dos mineiros da Noruega e dos povoados de pescadores da Suécia, garantindo-lhes desde a década de 1930 salário suficiente sempre que não lhes fosse possível trabalhar, por isso revoltava-me mudamente quando o Hugo se regozijava perante o pai, os tios ou os irmãos dos lucros fabulosos que conseguira esse mês. Durante dois pares de anos após o regresso do Hugo da Guiné fiz de esposa obediente e mãe amável, sentindo a vida passar-me ao lado e achando-me desinteressante, e a mim própria culpava-me por, tendo tudo, não me sentir feliz, cria que a dificuldade estava em mim, não no Hugo, menos na família dele, telefonava para a Mãe, desabafava, pedia-lhe conselhos, e ela, de voz fininha, dizia-me ao ouvido do auscultador que eu fizera a minha entrada na vida adulta, os adultos eram assim, desinteressantes, uns mais tristes, outros mais desembaraçados, uns mais resignados, outros abafando uma revolta oculta, mas todos insatisfeitos, cheios de problemas.

Quando o Hugo regressara do serviço militar na Guiné o meu olhar sobre ele não era já de admiração e amor, aquele Hugo de olhos morenos mediterrânicos, tão diferentes dos olhos loiraços londrinos, escapara-se entre as sombras da vida comum, eu olhava para trás e via-me mãe de dois filhos, senhora de quatro criadas e esposa de um administrador de três grandes empresas, e nada disto me satisfazia, nem mesmo as viagens de fim-de-semana prolongado a Roma, Berna, Florença com que o Hugo tentava adoçar a tristeza desmaiada que pressentia nos meus olhos. Uma noite, na nossa casa da d. João III, reuniu-se o conselho de família, um dos irmãos do Hugo viciara-se no jogo de roleta do Casino Estoril, foi severamente admoestado, não só pelo pai como, sobretudo, pelos restantes irmãos, o Hugo, que acabara de receber autorização do pai para assinar os cheques das empresas, humilhou o irmão, ordenou que se lhe retirasse o livro de cheques, a conta particular fosse saldada e obrigado a fazer penitência pública na sinagoga, trabalhando para a comunidade de judeus pobres – vendedores de roupa, caixeiros-viajantes, sapateiros, a maioria asquenaze; orientando o serviço de café e licores, dei por mim a apoiar o irmão do Hugo, alegava ele, não teria mais de dezanove anos, que, cansado de estudar e trabalhar e antevendo a entrada breve para o serviço militar, e consequente partida para a guerra, quisera divertir-se, entretivera-se durante um mês com umas francesas que veraneavam por Cascais e tivera azar, perdera dinheiro, era verdade, mas também podia ter ganho, perdera uma fortuna, mas poderia ter ganho outra – percebi nessa noite que a pressão da família do Hugo era rigorosa e severa, que todos tinham de orientar-se para o mesmo fim, ganhar dinheiro e não dar nas vistas, o irmão do Hugo perdera dinheiro e dera nas vistas, frequentando um Casino – este o seu pecado; o pai do Hugo fora sincero, repreendendo o filho por ter humilhado o nome da família por toda a Lisboa e Cascais, frequentando antros nocturnos, eu perguntara ao Hugo o que significava a palavra «antro», ele explicou-me em inglês, eu abri as mãos e exclamei, um Casino não é um antro, o pai do Hugo mandou-me calar imediatamente, olhei para o Hugo, este baixou a cabeça e pôs os dedos à frente dos lábios, fechando-os, confirmando a ordem do pai; calei-me, mas saí da sala, regressei para dizer que me doía a cabeça e me ia deitar, todos perceberam o meu desagrado. Uma noite, castigada de nada fazer, um chumbo frio no lugar do coração, sentados à mesa para o jantar, esperando que a criada nos servisse, convidei abruptamente o Hugo para jantar fora, tinha recebido nessa tarde um telefonema do meu padrasto inquirindo do nome de uma editora portuguesa, desejava propor a tradução para português de um livro de Olaf Palme, o dirigente social-democrata sueco; nessa tarde, dando a volta pelas livrarias da Baixa, constatei quão poucas boas editoras havia em Portugal, a maioria publicando uns livros serôdios e envelhados sobre temas herméticos como o «neo-realismo» ou a I República portuguesa, surgiu-me a ideia de criar uma nova editora, suficientemente ousada em temas, autores e capas para vencer a modorra sorumbática das estantes dos livreiros portugueses, repartidas entre livros, moscas e pó, recordo que bati rijo o pé à porta da Livraria Sá da Costa, fixei a fachada rectangular da Igreja dos Mártires, o sino troava dezassete horas, inundando-me a mente de um clangor celestial, harmónico, o sol amarelava, decadente, sobre um ninho de nuvens plúmbeas que cobria o cume do Chiado, iluminando a estátua de Camões, poeta zarolho e azarado, peregrino pobre do Império, que os republicanos tinham tornado herói da pátria em 1880, observei parada as sombras fantasmáticas dos passeantes, espectros luzidios bailando entre o chão de paralelepípedos e os telhados vermelhos, um vento espiritual harmonizava-me as faces quentes com a atmosfera iridiscente do céu de Lisboa, fundindo-se com os ecos celestiais do martelar dos sinos, pela primeira vez desde que chegara a Portugal sentia o meu corpo ser

atravessado por um efeito de vontade, um surto de corrente
vital a que misticamente – e eu nada era dada a misticismos
– se juntava a concorrência do sol, do vento, dos sinos angé-
licos, das sombras moventes de invisíveis seres para a criação
da minha editora, só faltava vislumbrar, entre a fiada alta dos
prédios, um rabo de arco-íris, perscrutei o céu buscando o
arco-íris desejado, suprema confirmação divina da boa ven-
tura da minha editora, mas Deus furtara-me esta faustosa
alegria. Tinha orientado as criadas no banho e no jantar das
três crianças – nascera mais uma, o rapaz por que o Hugo
tanto ansiara –, vestiram o pijama e o roupão, esperaram
pelo pai vendo as «variedades» na televisão, o Hugo raramente chegava antes das 21 horas, beijaram o pai, as criadas
deitaram-nos, passei pelos dois quartos, o das raparigas e o
do rapaz, beijei os meus filhos e abençoei-os ao modo pro-
testante, reminiscência da minha meninice com o Pai, desci
a jantar com o Hugo, ele tomara banho, mas não mudara de
roupa, vestira o pijama e o roupão, recusei-me a contar a
minha decisão da tarde a um homem assim vestido, boce-
jando o cansaço do dia, levantei o Hugo da mesa, levei-o ao
quarto, à saleta de vestir, escolhi um paletó de bombazina,
umas calças castanhas de fazenda e uns sapatos de camurça,
obriguei-o a vestir-se e levei-o a um restaurante italiano
perto de nossa casa onde, um ou outro sábado, jantávamos
sozinhos, descansando dos filhos, queria trabalhar e sabia no
que queria trabalhar, foi o que disse ao Hugo, cara decidida
e séria, não me sinto bem, Hugo, disse-lhe, o Hugo espan-
tara-se, percebi alguma simulação no seu espanto, há muito
que percebera o meu enfado, disse-lhe que não me sentia
bem, precisava de uma ocupação, o Hugo falou no voluntariado, no Serviço Nacional Feminino, em ajuda aos soldados

em guerra, podia ser «madrinha» de guerra, eu abri-lhe os olhos, eu não sou a tua mãe e nada tenho a ver com esta estúpida guerra do teu país, disse, sei o que quero, criar uma editora, vender livros, o Hugo protestou, eu nada sabia de livros, alegou, seria deitar dinheiro fora, relembrei que o meu padrasto me ensinara os rudimentos da profissão, a Mãe sempre trabalhara em jornais e editoras, poderia contar com o seu auxílio, contrataria um editor português de provada experiência, o Hugo lançou a máxima objecção, nem sabes que tipo de livros queres publicar, eu não o sabia até o Hugo perguntar e num relance passei a sabê-lo, livros inconformistas, avancei, livros rebeldes, que protestem e denunciem, sobretudo de autores portugueses, o Hugo assustou-se, procuras o escândalo, arguiu, respondi, procuro que a editora não vá à falência entre um povo com mais de cinquenta por cento de analfabetos e uma minoria de leitores sem dinheiro para comprar livros regularmente, começo com cadernos de actualidades, grandes reportagens jornalísticas, que complementem as notícias nos jornais, jornalismo de investigação, como se faz na América, é o que o meu padrasto publica na Suécia e dá resultado, o Hugo não via com bons olhos, chamas a atenção sobre a nossa família, metes-te na política, convives com jornalistas, não gosto, escolhe outra profissão, disse o Hugo, sério, eu respondi determinada, só esta quero, só esta terei, o Hugo levantou a cabeça, não estou de acordo, repetiu-o por duas vezes, não estou de acordo, arranjo-te um lugar de secretária de administração numa das nossas empresas, ganhas mais e preocupas-te menos, ou responsável-geral pelos serviços de tradução e correspondência, entortei a testa, embioquei o lábio superior, sinal de ira, o Hugo já me conhecia, o lábio superior entesava-se-me, ponteava-se, a testa pergaminhava-se, o olhar estabilizava, fixo, era a minha fácies séria, persistente, o Hugo tentou outra solução, trabalhamos os dois, passas a ser a minha secretária permanente, coordenas as minhas secretárias das três empresas, garanto-te que já tinha pensado nisso, não para ti, presumia ser uma humilhação oferecer-te um emprego, afinal és tu que o procuras, não te percebo, reclamei, eu não quero um emprego, Hugo, eu quero um trabalho que dê sentido à minha vida, o Hugo agastou-se, fez cara de menino mimado, que mais és que a minha mãe, as mulheres dos meus tios ou dos meus irmãos?, nenhuma delas trabalha e nenhuma vê nisso um defeito de existência, pelo contrário; respondi-lhe, por isso te disse que não era como a tua mãe, o Hugo, sem argumentos, contrariou, falta-te alguma coisa?, ripostei que nada me faltava senão criar, preciso de criar, Hugo, sei que só a criação me satisfaz, sou como a Mãe, infelizmente não sou dotada para a escrita, preciso de um trabalho criativo que me satisfaça a vida, Hugo, a editora é o ideal, tinham-me satisfeito as duas traduções de inglês que fizera para a editora do meu padrasto, aliviava-me levantar-me e saber que tinha alguma coisa para fazer, não apenas orientar almoço e jantar e dispor da roupa das crianças, o Hugo reiterou, não estou de acordo, é um trabalho que nos fará andar nas bocas do mundo, pode realizar-te mas será nefasto para a família, não quero, não consinto, a voz dura do Hugo assinalava que a conversa parava ali, parei de comer, o lábio enrijara-se como pedra, levantei-me e voltei-lhe as costas, fiquei à porta à espera de que o Hugo acabasse o jantar e pagasse, acendi um dos raros cigarros que fumei, pedido ao dono do restaurante, de vaga origem italiana, besuntoso, que viera despedir-se, concentrei nele a raiva que me aflorava pela imagem romântica do Mediterrâneo que compusera a minha cabeça de adolescente, que me atraíra em Londres para o Hugo e me entortara a vida, poderia ter casado com um inglês, ter seguido a carreira de jornalista internacional, desejo da Mãe, viajar seis meses por ano, ter sido correspondente em Nova Iorque ou Sidney de uma cadeia de jornais escandinavos, e estava ali, amedrontada e raivosa, suplicando ao Hugo que me deixasse trabalhar, o Hugo deveria ser um marido e um igual, mas eu viera para um país que temia a liberdade e a igualdade, olhei para o italiano-português e, de cara torcida, lábio superior duro, perguntei-lhe o que de mal tinha o Mediterrâneo que há dois mil anos só gerava povos pobres e inferiores, fanatizados pela Igreja ou pela ideologia do Estado, o homem, de fácies rubicunda, ponta do nariz vermelhácea, pómulos escarlates, pescoço cor de vinho, de pele gorda tombada sobre o colarinho cerrado, figurando-se à beira de uma apoplexia, olhos miudinhos de furão, como os do Almirante insignificante, gravata verde a badalar sobre as abas do paletó creme, ondulada na saliência da barriga de macarrão com chouriço, não sabendo o que responder, porventura não tendo compreendido a pergunta, gaguejava, minha senhora, madama, aturdido, como um pavão sem asas, ora, ora, dizia, diminuído, a língua a escapar-se entre os dentes esbranqueáceos, o senhor já vem, tartamudeou, chocalhando, bestunto, as banhas da barriga de presunto, como uma foca com cio, rodopiando em torno de mim, deseja outro cigarro, inquiriu, maço de tabaco em riste, visagem triste, suplicante, voltei-lhe as costas, fiquei à porta, a olhar para o céu aveludado de azul, pensando o que faria da minha vida, o último filho fora já um erro, só uma réstia de frágil sentimento me ligava ao Hugo, os trinta anos tinham chegado, desperdiçara mais de dez anos de vida com o Hugo, o que fora para mim um sonho mediterrânico fenecia alentado sob o maior dos tédios, tinha de resgatar a minha vida, não fora capaz de me separar do Hugo quando este regressara da Guiné, fora um erro, pensámos vagamente em ir viver para Paris, não fomos, o pai mandou outro filho controlar os investimentos na Bolsa de Paris, queria o Hugo a seu lado a fazer crescer as exportações para as colónias, nada melhor do que um antigo militar a concorrer aos concursos africanos, o Hugo falara em comprar uma casa no Algarve, acabara de ser descoberto como um paraíso de praias, entusiasmei-me, o pai do Hugo avaliou a despesa, excessiva, disse, não havia estradas em condições, o Algarve era longe, não se podia passar lá um fim-de--semana, só uma semana inteira, não havia disponibilidade de tempo, só em Agosto, a casa ficaria abandonada o resto do ano, seria assaltada, melhor alugar uma, sairia mais barato, o Hugo concordou, falou-me em despesas e proveitos, desequilibrados, levou-me de avião ao Porto, para eu conhecer a cidade, de carro a Santiago de Compostela e a Salamanca, uma semana desaparecemos, passámos cinco dias em Madrid, descemos para Málaga, Sevilha, apanhámos o barco em Algeciras e fomos a Ceuta, trocámos mil abraços de ternura, regressámos e o Hugo tornou a sair de casa às oito da manhã e a regressar às nove da noite, a sonolência da vida afectou-me de novo, mais brutal, tinha feito três ou quatro amigas, mais amigas da família do Hugo do que minhas, passeávamos por Belém, comíamos pastéis e bebíamos chá, visitávamo-nos mutuamente, montávamos no picadeiro do Campo Grande, de quando em vez participávamos numa ou noutra festa, acompanhadas dos maridos, oferecida por um nababo da pasta de pastel ou do óleo de amendoim, antigos proprietários de armazéns de secos e molhados que a guerra do Ultramar enriquecera, uma arranjou um amante, fê-lo despreocupadamente, não o escondia, apresentava-o como o «priminho do Minho», era um rapaz boçal, de tronco torneado, coxas de bronze e pescoço de lenhador, genitália pronunciada, não raras vezes jantava em casa dela, ao lado do marido, que lhe perguntava se também o podia tratar por primo, faltava-me esse espírito maquiavélico, não conseguiria enganar o Hugo em troca de uma hora de satisfação sexual, amara-o com sinceridade e com sinceridade sentia roer-se-me o amor de tédio, fragmentado entre o cuidado dos filhos, as compras na *Baixa* e as ordens às criadas, dormíamos de costas voltadas um para o outro, eu e o Hugo, sem nos despedirmos, eu lia noite dentro, o Hugo adormecia repentinamente, vestia o pijama já os olhos se lhe fechavam, uma noite inventei que ele ressonava, propus que dormíssemos em quartos separados, o Hugo barafustou, atirou com a escova de dentes para dentro do lavatório, nunca admitiria que dormíssemos em quartos separados, não se importaria de ficar um dia ou outro num hotel, quando me soubesse excessivamente sensível pelo «período», como hoje, por exemplo, disse o Hugo, não respondi, era meia-noite, fui telefonar à Mãe, indaguei-lhe se ia viajar, não, não ia, respondeu, então vou ter contigo esta semana, a Mãe perguntou se era definitivo, não sei, respondi, mas não, não fora ainda a separação definitiva, faltava-me a coragem, precisava de encaminhar os meus filhos, o mais pequeno era demasiado novo, não podia dar entrada num colégio interno, despedi-me do Hugo no aeroporto com a testa cruzada e o lábio superior erecto, para o espicaçar disse-lhe que ia buscar capital à Suécia, convidaria o meu padrasto para sócio, não cheguei a partir, o Hugo não autorizou, como esposa de português precisava da autorização deste para sair do país, o Hugo foi ríspido e mal-educado, rasgou a autorização de saída, ameacei que chamaria a Mãe a Lisboa e passaria a viver num hotel, pediria dinheiro à embaixada da Suécia até a Mãe chegar ou transferiria para um banco português parte do legado do meu pai, o Hugo assustou-se, percebeu que eu não me limitava a ameaçar, não foi trabalhar, fomos de carro almoçar ao Guincho a um restaurante-marisqueira, as minhas malas na bagageira do carro, fizemos o trajecto em silêncio, no banco traseiro do *Mercedes* do Hugo, o motorista a guiar, percebi que o Hugo cogitava um modo de nos reconciliarmos, não me queria perder, mas também não queria perder o respeito da família, uma esposa loura e estrangeira, alta, elegante, dava-lhe prestígio como empresário, sorriu-me quando saímos do carro, e, contendo o motorista, apressou-se a abrir a porta do meu lado, eu percebi, o Hugo já descobrira o modo como «solucionaria o problema», era assim a personalidade do Hugo, tudo eram «problemas», que sensatamente enfrentava e sensatamente resolvia, o grande, grande problema fora a guerra e vencera-o, usara o senso prático, a táctica imediata de vergar para não quebrar, dar o flanco, aceitar a «necessidade do problema», trocar favores, substituir pagas, depois, a seu tempo, activar as conveniências e resolvê-lo, falando com as pessoas certas, cumpriu os dois anos de Bissau fazendo valer as três disciplinas de Psicologia Social que sublinhara no certificado de estudos de Harvard, nunca pegara numa arma, disse-mo, nunca matara, nunca fora ameaçado, transformara a guerra num «problema» e resolvera-o, aplicara o seu método de trabalho,

viera pensando entre Lisboa e o Guincho e encontrara a
solução para o «problema» que era eu, disse-mo no restaurante, sentados numa mesa sobre o mar, um vidro grosso a
defender-nos das ondas que roçavam os nossos pés, as rochas
salientes, esburacadas, carregadas de caranguejos verdes,
podia montar a editora, disse o Hugo, ele ficaria como sócio
principal, fiscalizaria o plano editorial, teria a última palavra
na autorização da publicação de cada livro, era justo, disse,
o nome e os interesses da família estavam em jogo, vivia-se
em Portugal no fio da navalha, Salazar acabara de morrer,
confessou-me que o novo Primeiro-Ministro flutuava entre
apoios contraditórios, a guerra no Ultramar prosseguiria,
fora a condição do Presidente da República para que aquele
fosse nomeado, mais de metade dos negócios da família diri-
giam-se ao Ultramar, a família não tinha opinião política,
ele, que experimentara a guerra, abominava-a, Portugal sairia vencido, todos os responsáveis o sabiam, tratava-se de
apostar em dois cavalos, sacar o máximo de negócios com o
Ultramar até ao dia da rendição e firmar em cada colónia
uma elite africana rica, de religião e costumes europeus, uma
elite moderna, que continuará os nossos negócios, tendo-nos
como sócios, porém, visivelmente, como um todo, a família
não tinha opinião sobre qualquer coisa que não fosse a qualidade dos serviços que oferecia, eu, ríspida e mal-educada,
atirei-lhe à cara com a censura, fazes-me a mim o que o
Estado faz aos portugueses, o Hugo exaltou-se, nada disto
tem a ver com a censura, ou melhor, se censura haveria
ficava-se no plano económico, uma editora era um negócio
de risco num povo iletrado, mais, analfabeto, não queria
perder dinheiro, queria assegurar-se de que os livros teriam
retorno financeiro, não pode ser daqueles que o teu padrasto

edita, dirigidos a uma elite iluminada, eu acalmei, aceitava a sociedade do Hugo mas não o seu olhar vigilante sobre cada livro que quisesse editar, também não podia forçar o Hugo, ele fora tão longe quanto o seu «problema» o exigira, resguardava o dinheiro da família e garantia que os livros não escandalizavam, era o seu «problema», mas não o meu, eu queria livros de protesto, de denúncia de injustiças – a mulher, os pobres, os negros, o terceiro-mundo –, atirei-lhe à cara que o dinheiro necessário para montar uma editora não passava de migalhas no orçamento do Hugo, pedi-lhe confiança, garanti-lhe o retorno do capital em cinco anos, mais juros, e o pagamento de lucros de 10 a 20 % no primeiro ano, dei como garantia o legado do meu pai, todo, o Hugo riu-se, soltou uma gargalhada, é impossível, em Portugal a rentabilidade dos livros é coisa diminuta, já me informei, afagou-me a mão, disse para eu não me preocupar, caso tivesse prejuízo disfarçaria nas contas anuais das empresas, em última análise uma das nossas empresas encomendar-te-á um álbum de luxo para oferecer aos clientes pelo Natal, cobrirá possíveis prejuízos teus, em vez de o encomendar fora da família, encomendo-to a ti, recusei logo, percebi que fora esta a solução que o Hugo encontrara para o seu «problema», transformar a minha editora em editora do grupo económico da família, a mim em secretária extraordinária, encarregada de objectos culturais de luxo, não aceitei, reclamei independência total das firmas da família, disse que só aceitaria dinheiro do Hugo se este fosse sócio minoritário, e a editora já tinha nome, descobri-o ontem à noite, antes de adormecer, Urso Polar, disse, o Hugo comentou, o teu ursinho de infância que está na cómoda, sim, esse, disse, consola-me, o Hugo não respondeu logo, precisava de pensar, apeteceu-me dizer-lhe que se fosse aconselhar com o pai, mas contive a tempo as palavras, ofendê-lo-ia, não era preciso ofendê-lo, sobretudo deste modo brutal, o pai há muito confiava no Hugo e este geria os negócios com vasta liberdade. A criação da editora não caiu bem nas conversas da família do Hugo, sempre que nos reuníamos, principalmente ao sábado, sentia a voz dos homens baixarem à minha passagem, falavam de mim, sem dúvida, e a mãe e um dos irmãos do Hugo censuraram-me abertamente, clamando que Deus dava nozes a quem não tinha dentes, não percebi a expressão, mas intuí o sentido, não respondi.

Olhei de lado para ti, latejavam as veias na tua testa, explodindo-me o coração na ânsia de te acalmar, não te podia beijar, o Secretário sentou-se à nossa frente, num banco lateral, e o Ministro e a mulher dispunham-se nos bancos atrás dos nossos, de costas para a cabina de pilotagem, o sonho que eu perseguira na Urso Polar permanece vivo na tua intervenção política, firmar em Portugal uma sociedade móvel, culta, aberta, liberta de preconceitos, justa, um Estado solidário, vês o futuro de Portugal como eu vivera o passado no seio da minha família, habitando uma casa polvilhada de ideias, gente nova, nunca se sabia se à mesa jantavam quatro ou quinze pessoas, livros e poemas circulavam entre taças de vinho branco ou balões de *brandy*, organizavam-se debates à sobremesa, X., paquistanês exilado na Suécia, defendia o brilho futuro dos países do terceiro-mundo, P., exilado russo, levantava a voz pelos direitos humanos, o meu padrasto discursava, de copo na mão, depois afastava-se, escrevia o editorial do jornal diário que dirigia, denunciando a corrupção das verbas destinadas para o subsídio de emprego, a Mãe criticava o corte de subsídios às energias alternativas decretado pelo governo conservador, eu chupava um caramelo ou sugava um bombom, encostava-me à minha irmã no sofá largo, branco de marfim, baloiçando as fitas do cabelo, confortando o meu ursinho de pelúcia junto ao peito, de nada percebia senão o sangue a correr nas veias da minha casa de Estocolmo, tão célere e entusiasmadamente quanto corre nas tuas, querido, lá era então a aurora da Europa da segunda metade do século XX, hoje a aurora do novo Portugal europeu, cristalizado em estruturas arcaicas, ansiando por novas atitudes, francas, liberais, mas não menos solidárias, foi isso que me fez apaixonar por ti, sentir que a teu lado respirava a velha e redentora turbulência da infância, a teu lado sinto-me de novo menina, a teu lado o futuro é sempre imprevisível, tão vário quanto livre, não modorrento, não normalizado, embora sejas Primeiro-Ministro. Sentado imóvel, sugaste-te para dentro de ti, foges para dentro de ti como o meu padrasto se afastava no calor do debate para escrever o editorial do jornal do dia seguinte, concentrados ambos, a mão na testa, o olhar oblíquo, a caneta rastejando tinta, transformando ideias em palavras de combate, pedes ao Secretário a tua agenda, registas três ou quatro ideias que destacarás no comício do Porto, escreves, «democracia plena, política, económica, social e cultural», sublinhas a palavra «política», riscas uma seta, gatafunhas «C. R.», que interpreto como «Conselho da Revolução», abres dois pontos e escreves «extinção», à frente outra seta, cuja ponta desemboca na frase «fim da tutela militar», eu adito-te ao ouvido, escreve «normal», ser um país normal, como os restantes países da Comunidade Económica Europeia, tu sorris e registas, relês tudo, sublinhas a palavra «cultural», olhas para mim, sorris de novo, eu meneio a cabeça aprovadoramente, sorrio-te, incendeio os olhos de amor, tu percebes, sussurras-me, à meia-noite estaremos sós, a campanha eleitoral acaba à meia-noite, encomendarei no hotel duas dúzias de rosas vermelhas e uma garrafa de champanhe para o nosso quarto, dizes, de olhar português apaixonado, eu contenho-te, estás cansado, precisas de um dia de sono, domingo votas de manhãzinha, depois rumamos de carro para Lisboa, apertamos de novo as mãos, como se por elas os nossos corpos se unissem, depositamos o olhar sobre as duplas costas do piloto e do co-piloto, parecem sossegados, aquele diz em murmúrio uma graçola de que este se ri, suspeito que tem a ver connosco e o nosso ar encostadinho de namorados recentes, não ligo, já me habituei a ser considerada a tua amante, e não a tua mulher, o líder da oposição, ateu mas bem português, fez referência pública ao nosso estado, não me beliscou a dignidade, só a dele, que saiu comprometida, pela primeira vez sinto que encontrei o homem definitivo, aquele que, como a Mãe e o meu padrasto, arrisca a sua vontade sem a garantia da vitória, como eu arrisquei, perdendo, o casamento com o Hugo, e, vencendo, a criação da Urso Polar, o piloto aponta para uma luz vermelha intermitente, debruço o meu olhar para aquele foco que pisca incessantemente, tu não ligas, rabiscas outra ideia, o piloto fala com a torre de controlo num linguajar técnico que não entendo, o co-piloto preme um manípulo de metal do tamanho de meio dedo, a luz cessa abruptamente, o piloto volta a ligar o manípulo, a luz pisca e pisca como uma bocarra infernal, desvio o olhar para as luzes faiscantes de um hangar ao longe, continuas a escrevinhar ideias para o comício de encerramento da campanha, leio uma ideia velha, «todos os homens são livres e iguais», que, num país pré-moderno como Portugal, explode de efeitos subversivos, estilhaçando instituições e pessoas, escreves «a única hierarquia é a do mérito e este alcança-se pelo trabalho», aprovo mudamente, sei que no Porto se privilegia mais o trabalho do que a convenção e não vejo outra solução para que o teu país em breve iguale o meu, sei que em nada sou privilegiada no meu país, que a fortuna da família depende do livre trabalho de cada dia, diferente da fortuna da família do Hugo, eternamente dependente dos negócios do Estado, o co-piloto, torcendo o tronco, volta-se para trás, pede desculpa, informa que vamos partir e pede licença para correr a porta da cabina, desejo para mim que tudo chegue breve ao fim, que o teu Almirante insignificante ganhe as eleições e Portugal comece a ser o que nunca foi, um país livre.

40″

Vi-te a escrever, «resgatar o genuíno espírito do 25 de Abril», quis interromper-te, não seria possível retornar à unidade política do espírito do 25 de Abril, sabia-lo tão bem como eu, os povos alimentam-se de ilusões, agem e movem-se por ideais, fantasias, tinhas-me dito um dia, cabe ao político tornar real a parte possível da ilusão, percebi que o teu apelo ao espírito do 25 de Abril legitimava as ambições políticas dos partidos que apoiavam o Almirante petulante, não disse nada, nada havia a dizer, tu continuaste a garatujar notas na agenda, pedirias depois ao Secretário, como era teu hábito, que as transcrevesse para páginas A-4, em letras volumosas, nos comícios não usavas óculos, depois, como era também teu hábito, dispensarias o discurso preparado, falarias de improviso, abririas o coração e anunciarias o futuro como se fosses um profeta, figuravas um ar sagrado sempre que te aproximavas do microfone, erecto na tua curta altura, o peito sobressaído entre as lapelas do casaco fechado, a camisa engomada, recta, sem vincos, o nó triangular da gravata excessivo, obrigado pela moda, franqueavas levemente as pernas, hirtas, a mão esquerda assentava dura no cabo do microfone, a direita agitava-se tremente como a de um Moisés profano, a graça dos deuses beijava-te e as palavras fluíam irmanadas, ordeiras e sucessivas como águas benditas de uma catarata, a voz, rija mas pausada, colava-se de entusiasmo e abria-se de convicção, a verdade eterna jorrando entre os teus lábios, derramando-se sobre a multidão, controlavas o ímpeto do comício pela cadência do vozear, calmo e lento a exigir silêncio, agudo a reclamar atenção, breve e cortante a impor aplauso e concordância, perguntei-te onde tinhas aprendido a falar em público, não me respondeste, não o sabias, sou advogado e sou deputado desde 1969, justificaste, era natural em ti essa comunhão com os desejos íntimos das massas, ao contrário do Almirante horrorizante de barriga arrojante que te esforçavas por eleger como Presidente da República, que sincopava cada palavra como o matraquear monótono de uma metralhadora, deixei-te entregue às tuas meditações e enchi-me de recordações do dia 25 de Abril, que impossivelmente querias ressuscitar, a Urso Polar não abrira, mandara a minha secretária telefonar a todos os empregados para ficarem em casa, como recomendava o comunicado do Movimento das Forças Armadas, colei o ouvido a um transístor aguardando notícias, que nunca vinham, ficámos os quatro em casa, eu e os meus três filhos, mais as quatro criadas, duas nanás e duas criadas de dentro, ao meio-dia não me contive, saí, fui para a rua, o Hugo fora trabalhar, nas escadas do prédio ouvi-o rabujar com o motorista que se atrasara meia-hora, o Hugo gritava-lhe, tudo normal, tudo normal, são ebulições que logo amansam, veja o 16 de Março, dizia alto, agastado, vivíamos já em quartos separados e dávamos um tempo para que os filhos crescessem e nos separássemos, muitas noites o Hugo não vinha a casa, dormia num hotel perto de uma das fábricas da família, não foi o 25 de Abril que nos separou, já tudo acabara entre nós. Em maio as empresas da família foram ocupadas pelos trabalhadores, o Hugo desejava agora que o regime do Estado Novo regressasse, alegava que a família perdia uma fortuna todos os dias, o país entrara em delírio, o Hugo estudara Psicologia em Harvard, na América, falava de esquizofrenia social, bons e maus, ricos e pobres, não há meio termo, protestava, Portugal continua igual, apenas mudaram os senhores do Poder, antes eram os fascistas, agora são os trabalhadores, e espalmava a mão, o dedo da outra bem no centro, ou, melhor, os representantes dos trabalhadores, as encomendas para o Ultramar tinham sido suspensas e poucas empresas sobreviveriam a um mês de ocupação, o Hugo passara a ter um «grande problema»; à minha frente, em desabafo, chamava aos trabalhadores patetas e estúpidos, mas quando se sentava a negociar com a Comissão de Trabalhadores dizia compreender as suas reivindicações, o «problema» é que sem produção não há facturação e sem esta não há dinheiro para os salários, e ameaçava, no fim do mês os salários descem para metade e no próximo para nada, zero, os trabalhadores mais ousados perguntavam-lhe pelo capital acumulado pela família, o Hugo desapertava o nó da gravata e ria-se, fazia teatro, dizia-me ele, somos tão pobres como os senhores, todo o dinheiro que ganhámos investimos, olhem, está aqui, nestas máquinas, nestas secretárias, na matéria-prima, nas encomendas que fizemos à Alemanha para montar uma fábrica em Angola, outra em Moçambique, vinte por cento já foi pago e não será devolvido, nas fábricas novas de Setúbal, duas, e havia a promessa de uma terceira, se os senhores as destruírem estarão destruindo o trabalho de quatro gerações da minha família, mas também estarão destruindo o vosso sustento, dinheiro sem facturação não existe, eu revoltava-me contra a representação do Hugo, sabia que a família estivera reunida nos dias 1 e 2 de maio e aprovara a saída de todos os capitais em dinheiro para a Espanha e os Estados Unidos, cumprida imediatamente no dia 3, com a anulação das contas bancárias pessoais, cujos registos fizeram desaparecer com a conivência de gerentes bancários, o Hugo graçolava com os trabalhadores, mostrava o extracto bancário da empresa, este é o dinheiro que temos, dizia, tudo claro, tudo transparente, dá para pagar os ordenados de um mês, vá lá, um mês e meio, dentro de dois meses vamos todos para a sopa dos pobres, clamava, abria as mãos, estou como os senhores, foi assim que o Hugo fintou a maioria das Comissões de Trabalhadores, abandonou a fábrica de rações que laborava exclusivamente para Angola, fica para os senhores, disse à Comissão, nada posso fazer, pararam as encomendas, façam um leilão e vendam as máquinas, não se esqueçam do meu ordenado que estou tão aperreado quanto os senhores, o terreno e os imóveis ficam na família, de uma fábrica foi expulso no dia 3 de maio, só quatro anos mais tarde conseguiu reavê-la, vidros quebrados, máquinas enferrujadas, parquê do chão roto e levantado, telhas partidas, paredes bolorentas da água da chuva, à noite revoltava-me contra o Hugo, ele falava-me em turbamulta, horda de bárbaros, assemelham-se a símios assanhados, crêem ter chegado a sua hora e reivindicam, só os pacificamos se os convencermos de que do nada nada se tira, riqueza para distribuir não há, dizia o Hugo, cara torta de espanto, e eles, crédulos, deixavam-se ir, incapazes de auto-estima, aclimatados ao desprezo e à humilhação, envergonhados de terem nascido, olham para mim e contêm o

ódio legado por herança familiar, uma sabedoria do sangue
que os torna desprezíveis a si próprios, o asco que o suor sem
proveito dos pais lhe transmitiu, a raiva sem quê nem porquê de se saberem vítimas, a inominável culpa de viverem no
lado subalterno do mundo, vagueando numa existência
sombria, feita de trabalho petrificado, braçal e mecânico,
ostentando uma consciência degradada, evanescente, brutal,
incapaz de reunir as partes de uma vida e juntá-las num todo
coerente, dotado de sentido, dizia o Hugo, enraivecido, nas-
cem anulados, ausentes de futuro que não seja a repetição do
mesmo, projectam em mim a condenação da sua existência
punitiva, preta, deteriorada, estragada, sem reparação possível, acusam-me dos bolsos vazios, dos corpos encardidos dos
filhos, dos sonhos inocentes e vagos que respiram pela vigí-
lia, antes de, fatigados de abundante prole, injectarem
sémen deslavado no ânus da mulher, garantindo a inexistên-
cia de gravidez, são os excluídos da industrialização apressada de Portugal na década de 1960, a mão-de-obra barata
abusada pelo capital estrangeiro, os braços que levantaram a
refinaria de Sines, os estaleiros da Setenave e da Lisnave, os
oleodutos da Sacor, a CUF, a Tabaqueira em Albarraque,
que suportaram sem proveito o *boom* da Bolsa de Lisboa,
reivindicam agora, metade focinho de lobo, metade focinho
de hiena, uma asa de pomba, outra de gavião, o seu quinhão
do bolo, dizia o Hugo, tinham sido marginalizados, agora
exigiam ao Hugo que vendesse os armazéns para lhes pagar,
vendesse o *Mercedes,* reclamavam do Hugo que conduzisse
um *Simca* igual ao deles, o antigo motorista do Hugo à
frente da Comissão de Trabalhadores, o Hugo ria, percebia a
iminência do colapso, falência absoluta, estamos falados,
meus senhores, se é isso que querem, tomem lá as chaves do

Mercedes, neste armário estão as chaves de todas as portas da fábrica, até dos lavabos, é tudo vosso, fiquem com elas, dinheiro não há no cofre nem no banco, o Hugo sabia que os fornecedores não lhes venderiam matéria-prima a crédito, a família do Hugo era detentora de dez por cento das acções da mina espanhola fornecedora, dois, três telefonemas para Espanha e o caso ficava resolvido, era esperar, pôr a paciência à prova, tudo voltaria para as mãos da família do Hugo, este, histrião por necessidade, o fingimento de há séculos no sangue judeu, continuava a representar, em cada fábrica atirava um molho de chaves para cima da secretária, ei-las, as chaves, a Comissão de Trabalhadores abria a boca, atónita, queixo cavalar caído, espantava-se, a terra prometida da riqueza ali à beira da mão, sem resistência, os arcaicos fantasmas negros e atormentadores tornados anjos celestiais, o frio do gelo em chama quente de fogo, mas todos sentiam o lume a queimar-lhes as entranhas, que garantia tinham que a fábrica continuasse a laborar, perguntavam, o Hugo, dúplice e velhaco, sabendo-os incapazes de gerir uma fábrica, dava aos ombros, alegava nada ter a ver com isso, a fábrica agora era deles, suspensos no vácuo de uma educação que não tiveram, olhava nos olhos do seu antigo motorista e chasquinava, agora o senhor é o patrão, as regras são jogadas pelo senhor, ordene, eu vou trabalhar para outro lado, e, mansinho, à cautela, deixava exarado na acta da tomada de posse da nova administração que a firma estava liberta de dívidas, de letras e de promissórias, abria os braços e exclamava, por favor, não a endividem, mas a maioria das Comissões de Trabalhadores não aceitara o presente envenenado do Hugo, exigiram administrar a empresa a meias com a família do Hugo, era o que ele queria, excelente manipulador, simulando virar à direita para atacar à esquerda; com excepção de uma fábrica, todas as empresas tinham regressado às mãos do Hugo em menos de dois anos.

Encostas a cabeça no espaldar do assento, fechas os olhos, a corcova do nariz sobressaindo, as luzes do *Cessna* amortecem, o piloto anuncia a temperatura atmosférica no Porto, debruço-me sobre ti e fecho suavemente a cortininha da janela, retiro a minha agenda do bolso da carteira, apetece-me escrever um romance de amor, registando em letra de forma o nosso singular encontro, a imprevisível fusão das nossas existências num enlace único que, sem descendentes, em nós se esgota, mais pura tornando a nossa união, santificando-a, o teu amor resgatou a minha vida aos quarenta anos, fazendo-a renascer dos sonhos adolescentes, devo-te o sentido do resto da minha vida, a aventura de fazer de tua falsa esposa, sentir o azedume das esposas católicas dos ministros, forçadas a cumprimentar-me, o bispo de Bragança protestando pelo meu lugar proeminente no protocolo, uma estrangeira e uma amante à frente de um bispo português na hierarquia dos lugares do Estado, mau exemplo para o povo, não dramatizaste, sorriste, depois riste, finalmente gargalhaste, contando-me o protesto do bispo, escreveste-lhe uma carta pessoal a recordar-lhe ser da tradição real portuguesa a abundância de bastardos pretendentes à coroa, coisa que, garantias-lhe, connosco não acontecerá, recordaste-lhe que Oliveira Salazar vivera quarenta anos amantizado com D. Maria de Jesus, a criada, nunca a Igreja protestara, eu disse-te, acaba mal, devo afastar-me, recusaste peremptoriamente, mais depressa te afastarias tu da política, replicaste, do que consentirias no meu afastamento, insististe em que não me preocupasse, para alguns bispos sou um réprobo que a sua cobardia obriga a apoiar politicamente, têm medo do comunismo, breve me tirarão o tapete, apoiando um qualquer reaccionário, como é secular costume da igreja portuguesa, mas para o povo sou um herói, sou rico, tenho poder, venho de família ilustre e conquistei uma loira, virtudes de cavalheiro português; miro o teu nariz adunco, de judeu medieval, o queixo esguio, desaparecido sob os lábios, a melena sobressaindo do cabelo liso, alteando-te a testa recta, as pestanas gráceis, de ponta encaracolada, os olhos direitos sob os fios prateados das sobrancelhas, a pele acastanhada, tom de púrpura outonal, vejo o fogo que arde no teu rosto, a chama espiritual que o adorna, lhe dá sentido, conjugando as partes avulsas numa unidade harmónica e bela, bela pelo que tu és e bela pela tua coragem em transformar o Portugal velho no Portugal novo, ah, como te amo, tão intensamente te amo desde que na nossa noite da Póvoa de Varzim tu me afagaste os cabelos lisos, de ouro fino, disseste, como as Valquírias do Reno, serenavas gozando da mansidão do meu rosto, antevias amenos gozos beijando a minha boca, falavas em pétalas de rosa branca, esmaecidas, finas e aveludadas como retrato fiel das minhas faces, os meus olhos esmeralda, os meus lábios carmim, as minhas sobrancelhas cor de outono, as minhas orelhas tenras, doces, suaves, todo tu me beijavas, disseste que se houvesse na terra algo a que o meu rosto se assemelhasse em beleza seria a um campo selvagem de flores pelo raiar da primavera, desculpa-me a vulgaridade da imagem, acrescentaste, mas outra não tenho que melhor reflicta o que por ti sinto, confessaste. Move-se a avioneta, lentamente, a porta da cabina desliza, entre os ombros dos pilotos vejo à minha frente a pista de alcatrão iluminada por duas fiadas paralelas de luzes cravadas no chão, tomamos a pista de descolagem, escrevo no meu caderninho que o 25 de Abril mudou a minha vida, a Urso Polar estava lançada, corria à velocidade de cruzeiro, tornara-se a editora de moda dos intelectuais portugueses, desde 1973 que, cansada de Portugal, planeava vendê-la, continuar a tradição da minha família e internar os meus filhos em colégios ingleses ou suíços, premeditava regressar à Suécia, refazer a vida, pensava vagamente tornar-me jornalista no jornal do meu padrasto, ou viajar, coleccionando romanticamente reportagens em lugares exóticos, que depois venderia a agências, podia ser isto, mas também outra coisa, como tradutora na editora do meu padrasto, ou pura e simplesmente estanciar uma vasta temporada na casa do lago da família e escrever um livro sobre Portugal, como Madame Rattazi o fizera cem anos antes, o 25 de Abril, no entanto, mudou radicalmente os meus planos, pouco consistentes, devo dizê-lo, aquele dia produziu uma alteração no meu estado de consciência, revelou-me um país novo, experimentei pela primeira vez uma comunhão com a realidade, a plenitude de uma inefabilidade que só por gestos conseguia transmitir, por sorrisos, por cumprimentos, acenos, por adesão ao sentido da multidão que se apinhava na Baixa de Lisboa caçando Pides, segui os movimentos dos grupos como se neles ansiasse integrar-me numa espécie de sentimento oceânico em que me dissolvia, um estado de arrebatamento e euforia, totalmente estranho à minha personalidade, saí de casa pelo meio-dia e regressei às dez da noite, não sei bem por onde andei, recordo que, cansada, bebi uma ginjinha no Rossio, passada entre-portas, cuspindo o caroço para o chão e mastigando com prazer a polpa, vagabundeei com dois franceses, que me falaram no Maio de 68, um malandrão do Bairro Alto cobrou-me cinco escudos por um cravo vermelho, paguei-os, queria o cravo como recordação do dia em que pela primeira vez me sentira igual a toda a gente, discuti nos Restauradores com jovens esquerdistas, políticos radicais, que gritavam «nem mais um soldado para as colónias», tentava fazer-lhes ver que isso seria a desgraça dos brancos, chamaram-me colonialista, virei-lhes as costas, subi ao Carmo, onde esperei três horas pela chegada do velho general ultramarino, nacionalista, viera receber o poder entre as mãos, percebi que o velho general não teria paciência para reivindicações de jovens oficiais, em breve seria desapossado, augurei e acertei; quando cheguei a casa o Hugo atarefava-se nos dois telefones, combinando encontros na sinagoga e na Federação Económica de Portugal, de que o pai fora um dos dirigentes, saudei-o e fui para o meu quarto, tomei banho, desci à cozinha a aquecer o jantar que a cozinheira deixara no forno, o Hugo continuava atarefado, nem dele me despedi, fechei a porta do meu quarto à chave, deitei-me e, cansada, adormeci instantaneamente, feliz por se anunciar para Portugal a democracia que nunca houvera, uma verdadeira democracia. Tanto gostara do caldeirão de sentimentos que experimentara no 25 de Abril que no 1.º de Maio voltei a sair à rua, sozinha, acompanhando a manifestação que se dirigia para um estádio de futebol no centro de Lisboa, saltava parasitariamente de grupo em grupo, escutando conversas alegres, entrando amiúde nelas como se ao grupo pertencesse, não me reconhecia, esfumara-se o meu recato, este tornara-se arrojo, como no 25 de Abril, necessidade de partilhar as minhas opiniões, ostentar a minha presença, a mim própria espantava esta faceta da minha personalidade, comprei outro cravo, este só por um escudo, que, como o primeiro, rápido perdi, soltou-se-me da lapela do casaco, gritava palavras de ordem que não entendia, outras em que não acreditava, como «o povo unido jamais será vencido», que me sabia a demagogia, editara um livro sobre o Chile de Allende e sabia como acabara a experiência do «povo unido», vi uma faixa de pano onde se inscreviam palavras gigantes recortadas a cetim, «Os Trabalhadores da Palavra estão com o 25 de Abril», por baixo da faixa cinco ou seis escritores de pouca obra marchavam clamando palavras de ordem de punho erguido e vibrante, perguntei a um deles, o único que conhecia, meu vizinho de prédio, menino rico, universitário de mãos brancas, alvas, quase transparentes, porque tinham omitido a palavra «escritores», explicou-mo numa verborreia de palavras roucas de que, acrescido o grosso ruído da multidão, não entendi metade, ele fumava e falava ao mesmo tempo, um cachimbo de fornilho recto como um cubo, inundava-me de fumo rasteiro, barato, alçava o lábio superior e soprava o fumo para baixo, que lhe atravessava as barbas encaracoladas, baixei a cabeça para fugir do fumo, reparei que o meu vizinho calçava sandálias de couro, as unhas do pé negrejavam de pó, contrastando com os calcanhares brancos, de alabastro, explicou-me que os escritores faziam parte da grande massa oprimida dos trabalhadores, cada um trabalhava com os instrumentos técnicos da sua profissão, a palavra no caso dos escritores, assenti, tinha a sua lógica, mas não me convenci, o escritor não era só mais um trabalhador, mas, como todo o artista e pensador, a síntese espiritual da humanidade, segui umas boas dezenas de metros no grupo dos escritores, gritando com ilusório convencimento «o povo unido jamais será vencido», fazia-me bem aquele ulular compassado, o braço martelado,

as pernas marchando sincopadas, sentia-me respirar colecti-
vamente, identificava-me com propósitos que desconhecia,
transpessoalizava-me, como gota de água desindividualizada
integrando o bloco compacto da onda direccionada por um
só caminho para um só fim, fazia-me bem a despersonaliza-
ção, anulando-me, prendendo-me a uma torrente colectiva,
ressurgia senhora de mim, desejosa de ser como todos, igual
a todos, submersa na mesma vaga, consciente de que a
minha força só era força se unida à força dos outros, não
entrei no estádio, voltei para trás, uns amigos de infância do
Hugo, judeus de Almada, passavam de carro no Areeiro,
deram-me boleia, fomos para a Avenida da Liberdade buzi-
nar entre centenas de carros que se alinhavam até à Praça do
Comércio, abri o vidro, sentei-me na janela, as pernas dentro, o resto do corpo fora do carro, agitando a mala, gritando e repetindo por mil vezes «o povo unido jamais será
vencido», lavei a cara do pó dos carros na fonte do Rossio,
voltei a beber outra ginjinha; assustado, o Hugo, em casa,
tratava com o pai e os irmãos da transferência do dinheiro
da família para Espanha e Estados Unidos da América
falando ao telefone para casa de gerentes bancários.

Nunca fui muito religiosa, mas creio no Deus da minha
infância, o Deus que me anima a continuar quando quero
desistir e a lutar quando me sinto vencida, este é o meu Deus,
o Deus dos corajosos que nunca perdem a esperança, o Deus
que, creio, me amparará na velhice, prolongando-a serenamente até ao momento do suspiro final – senti esse Deus dentro de mim no dia 1.º de Maio de 1974, um Deus que também faz política empurrando as sociedades para um reino
superior de justiça e igualdade, onde a bondade e o préstimo
individuais se subordinem ao serviço dos outros, um Deus

comunitarista (não comunista), fonte de verdade, prazer e beleza, que se regozija por saber os homens unidos e se entristece por vê-los divididos, lutando entre si, um Deus que une e não separa, une castas, classes, raças, crenças, credos, o Deus que me manteve dez anos junto do Hugo fazendo-me acreditar que a antiga união poderia renascer, o mesmo que me deu nessa noite do 1.º de Maio, chegada a casa, a perfeita visão, uma visão plena, inconsútil como uma verdade absoluta, de que nada havia a salvar do casamento com o Hugo senão a tranquilidade dos filhos, quinze dias depois o Hugo saía definitivamente de casa, foi honesto e respeitador, deixou-me a casa dos pais onde vivíamos, uma pensão que não posso senão considerar bastante generosa e a oferta da sua quota na Urso Polar, eu estava por minha conta, tentando reconquistar na vida individual o sentimento sagrado de harmonia com a realidade que os dias 25 de Abril e 1.º de Maio tinham acendido no meu coração, verdadeiramente só voltei a experimentar este sentimento três anos depois, na noite em que me uni a ti, quinze dias depois do almoço a que a Natália Correia nos forçou, tu ias a Viana do Castelo presidir a um comício no cine--teatro Sá de Miranda, convidaste-me para te acompanhar, partimos sábado no teu carro, conduzias como vivias, à pressa mas delicadamente, tinhas dispensado o motorista e os dois seguranças, parámos na Póvoa de Varzim, reservaras dois quartos, assinámos as reservas, cada um fez subir as malas para o seu quarto, jantámos num restaurante discreto, recordo que era numa esquina, tinha janelas de guilhotina com portadas exteriores de tabuinhas, antiga residência de pescadores, o vento do Atlântico bufava tempestade no mar, ao longe, iluminada pelos candeeiros da praia, a crista branca das ondas agigantava-se na rebentação como molosso enraivecido, recitaste-me um poema de António Nobre sobre a solidão dos pescadores assolados pelo vento norte, mil relâmpagos estralejando, banhando o céu trovejante, o mar rugindo, velas esgarçadas, leme quebrado, homens de braços duros batalhando contra as ondas, os leixões ameaçando, pontas rochosas e calavrosas emergindo, eu recitei-te os versos da «Terra do Bravo», cantados pelo José Afonso, «As ondas do mar são brancas / E no meio amarelas / Coitadinho de quem nasce / Para morrer no meio delas», comeste caldeirada de enguias, serpes do mar, ilustraste-me, impressionava-me a sua figura escura e serpentífera, eu garoupa grelhada com legumes, retirámo-nos para o bar do hotel a beber chá de laranjeira, recordo que falavas muito, recalcando o silêncio em que vivíamos os dois, falaste da tua mulher, contaste-me a história do teu casamento, muito novo, abençoado pela Igreja Católica, a tua mulher não aceitara o divórcio, um pecado à luz da Igreja, alimentava a esperança de que regressasses, suplicara-o ao Senhor de Matosinhos, respeitava-la, não forçarias, esperarias o tempo que a lei prescrevia, à meia-noite declaraste-te apaixonado por mim, disposto a abandonar o Partido e a partir para o estrangeiro comigo, eu escolheria o teu caminho, disseste-o, depositando suavemente a tua mão sobre a minha, eu confessei-me apaixonada por ti desde o dia em que visitaras a editora para publicar um livro, torceste a boca, eu também, replicaste, se não tivesse adoecido e partido para Londres teria regressado à Urso Polar para te buscar, disseste, perdemos quase três anos, meu amor, foi a primeira vez que me chamaste assim, chamaste-me amor, eu incendiei-me, derreteu-se-me o gelo do corpo, o chumbo frio do coração, senti-me a tremer, as pernas tremiam agradavelmente, a lava do desejo emergiu dos subterrâneos do meu corpo e empurrou a minha boca contra a tua,

senti o chá de laranjeira nos teus lábios, uma grande harmonia varreu-me o coração, Deus empurrava-me para ti, o sentimento da necessidade de fusão do meu corpo com o teu
adveio, sentiste o mesmo, disseste, não te quero forçar, respondi, não forças, desejo-o, subimos no elevador beijando-nos;
na tarde seguinte, na abertura do comício, mandaste o Secretário sentar-me na primeira fila, colada aos notáveis minhotos
do partido, que me desconheciam e me atiravam sorrisos sus-
peitosos, ouvi claramente uma matrona de Viana proferir,
queixo suevo, proeminente, ossudo, queirosiano, é a amante.

50″

Aproximavam-se os quarenta anos e o meu corpo estava frio, não perdera a sensualidade mas o meu corpo esfriara, o fogo que na juventude o habitara esfumara-se em breves tufos de brasas que o Hugo por vezes reacendia em viagens de fim-de-semana ao estrangeiro, não estava morta para o prazer mas também não o procurava, nem dele me lembrava entre os afazeres da Urso Polar, o Hugo apagara-se definitivamente do meu coração, partira uma madrugada de maio levando três mudas de roupa numa maleta, eu adormecera presumindo despertar com uma opressão no peito e uma inquietação na consciência, mas nada sentira, levantara-me e tomara banho pensando nos livros que publicaria esse mês como se fosse um dia igual aos outros, aos filhos limitei-me a dizer que o pai e a mãe tinham decidido separar-se, nenhuma exclamação, nenhuma interrogação, o caminho chegara ao fim, foi o que li nos seus olhos, como se há muito esperassem este desenlace, o Hugo, preso pelos negócios, fora-se afastando da educação dos filhos, e se ao primeiro ainda o levara ao jardim zoológico aos outros dois limitara-se a perguntar se estava tudo bem, o trabalho na editora convencera-me de que, do mesmo modo que educava os meus filhos segundo uma disciplina recta, alimentando-lhes o desejo de igualdade entre os homens, assim poderia contribuir para a educação do país, promovendo o debate, elevando o intelecto de cada português e o nível cultural de Portugal, o Hugo, descrente, chamava-me voluntarista, generosa, afiançava que Portugal se educa a si próprio, respeitando os costumes tradicionais, Portugal não era a Europa, era mais do que a Europa, era Europa com um coração mediterrânico e africano a pulsar, exclamara, seria preciso ter vivido nos trópicos para perceber Portugal, eu replicava que Portugal não era um país tradicional, era arcaico, carregado de hábitos e instituições que a Europa deitara para o lixo havia cinquenta anos, e os africanos, coitadinhos, tão patriotas de um Portugal unicontinental e plurirracial, queriam era ver-se livres dos portugueses, não é bem assim, retorquia o Hugo, o futuro de Portugal não se decide com debates e livros, nem com a liberdade à solta, decide-se com o fim da guerra, aí, sim, ou vamos para a frente, formando uma comunidade de povos portugueses, mantendo os laços culturais e económicos, ou afundamo-nos, a inteligência do Hugo cogitava que Portugal não deveria nem perder nem ganhar a guerra, tempo, sim, disso é que precisava, tempo para criar uma elite negra que guiasse as colónias para a independência, aí, sim, seremos capazes de fazer de Portugal uma pequena Holanda, garanto-te, era o sonho do Hugo, como o sonho de todo o judeu sefardita desde que os Países Baixos tinham aberto as suas portas aos judeus no século XVI, o Hugo, educado em Londres, era um liberal a quem convinha economicamente a ditadura do Estado Novo, mantinha a mão-de-obra barata e tornava os produtos concorrenciais, gasto menos 75 % em custo de salários do que

as refinarias oleaginosas francesas, dizia-me, confundes ditadura com hierarquia e a guerra em África com a repressão
em Lisboa, o Império é outra coisa, eu não me deixava con-
vencer, não via razão para que os partidos políticos que exis-
tiam na minha terra ou em Inglaterra não existissem em Portugal, tão normais que nem se dá por eles, um dia levei-lhe
um abaixo-assinado de um grupo de católicos contra a
guerra do Ultramar, dei-lho ao jantar, cada vez mais tarde,
devido às suas prolongadas reuniões de fim de tarde, as
crianças já deitadas, mandava recolher as amas e as duas criadas e ficava de pé, à janela da varanda, esperando o Hugo,
recordava o último telefonema da minha irmã, vivendo em
Londres, viajando livremente, a Mãe, lutando para impor
uma consciência ecologista na Suécia, pensava nos meus
sonhos de adolescência, correr o mundo como voluntária de
uma organização humanitária, espalhando comida e educação pelos povos de África, e via-me fazendo o mesmo em
Lisboa, a cidade mais arcaica da Europa, espalhando educação através dos livros que editava, sim, realizara o que desejara, deveria sentir-me feliz, completa, filhos, marido, casa,
o trabalho que desejara, mas o fogo frio do meu corpo lembrava-me que faltava partilha, desejara viver esse sonho em
comum com um homem, o meu homem, sentir a minha
acção apoiada e não simplesmente consentida, quando não
mesmo repudiada, o Hugo rasgara o abaixo-assinado, proi-
bira-me de o assinar, clamara que todos os que o assinassem
seriam presos, dados como comunistas, queres desgraçar-me,
urrara, gritando na cozinha, nervoso, eu protestava, escusa-
vas de o rasgar, já tinha dez assinaturas, fi-lo para ter a cer-
teza de que o não assinas, até lhes faço um favor, evito-lhes
a prisão, apanhei do chão os pedaços de papel, tirou-mos da

mão, queimou-os no fogão da sala, eu nada disse, recusei-me a jantar com o Hugo, mandei-o aquecer a comida, a criada?, perguntou o Hugo, está na hora de descanso, disse, e voltei-lhe as costas.

Conheci-te na Urso Polar, decidira publicar uma colecção de livros políticos e tinha convidado os secretários-gerais dos três grandes partidos da esquerda a publicarem livros seus; influenciada pela minha Suécia natal, o teu partido era o verdadeiro partido da esquerda, a esquerda com futuro, os outros dois, o socialista e o comunista, considerava-os radicais, mais serviam para atrapalhar do que para desenhar um novo Portugal, confesso que me enganei com o Partido Socialista, sempre ziguezagueante, carregado de um tradicionalismo retórico francês, ora igualitarista na distribuição, ora liberalista na produção, revelou-se, no entanto, o grande defensor da liberdade contra o comunismo e o grande timoneiro do novo país, orientando-o para a adesão à Europa, mas então, para mim, no plano da criação e da prática organizativa das novas estruturas económicas e sociais, os sociais-democratas figuravam-se, tal como na minha Suécia, aqueles que realizariam a igualdade sem abafarem o mérito e a liberdade sem esmagarem a responsabilidade, falei com a tua secretária e prontifiquei-me a ir à sede do teu partido deixar o convite para publicares o livro; para minha admiração, porém, combinaste um encontro na sede da editora, recebi-te à porta e confesso que me prendi a ti nesse momento, lembro-me do teu sorriso fatigado, os lábios sumidos, o teu fato príncipe de gales, admirei-me de te ver de gravata e lenço de seda na lapela do casaco em tempo de proletarização das roupas, que me impedia de usar casacos de pele em público,

avançaste distraído, empurrado pelo teu Secretário, ainda
sem barbas, esse que hoje não te dá descanso, aconselhando-te
a não responderes aos boatos que dão o teu Almirante como
denunciante de jovens oficiais revolucionários da Marinha,
lançaste-me a mão, não para cumprimentar a minha, mas
para de leve simulares que a beijavas, senti-me aterrada, face
a face com um cavalheiro latino, como o fora o Hugo em
Londres quinze anos antes, soergueste para os meus os teus
olhos verdes de águia, realizando a imagem que as mulheres
do meu país concebem dos amantes morenos da Europa do
Sul, o meu coração atropelou-me, elevando o ritmo, troando
descompassado, o meu sangue ferveu, olhei-te de cima,
constatei quão baixo eras, quão fino, as pernas delgadas e
curtas, o peito sobressaído, possante, suportando a gravata
de seda, imaculados os sapatos, pretos e envernizados, lus-
trando rebrilhantemente, apontei para a porta do meu gabinete, imaginei-te os braços sem músculos, não tinhas corpo
para eu me apaixonar por ti, mas tinhas uns olhos faiscantes
e um cabelo liso basto e rectilíneo que me apavoravam o
coração, o meu corpo afilado, subido, esguio, merecia o teu,
não era melhor do que o teu, nem pior, e os meus olhos, tão
abertos quanto fixos, assemelhavam-se aos teus, éramos irmãos
de olhos, pensei, entraste, sentaste-te à minha frente, no
cadeirão de couro, reparaste no meu ursinho branco, perguntaste, da sua filha?, respondi, não, meu, admiraste-te e
exclamaste, ah, foi o que disseste, porventura pensando em
sólidas carências minhas, emendei-te o pensamento, é a
mascote da editora, o «Urso Polar» é ele, significa constância, solidão e coragem, nunca desistir; exactamente como eu,
comentaste, explicaste-me que eram também as três virtudes
que mais admiravas, constância, solidão e coragem, foi o que

me permitiu suportar as pressões na Assembleia Nacional antes do 25 de Abril, sobretudo coragem para fazer o que tem de ser feito, mesmo que em minoria, respondi-te que estar em minoria não significa ter razão – como hoje, que impuseste um Almirante de aquário ao teu partido, impuseste-o a mim, que o vejo como má escolha, um carreirista que apenas o tempo fez subir de posto, não o mérito, alegaste que contra a candidatura de um general de esquerda só outra de um militar de direita, emendei-te a sentença, contra um caudilho de esquerda, de patilha ribatejana e óculos-escuros, devias ter afirmado um civil de direita, impoluto, democrata acima de toda a suspeita, lutador tanto contra a Ditadura quanto contra a avalancha comunista, tinhas desses homens no partido, devias ter tido essa lucidez, observaste que o meu conselho se aplicaria a países de democracia adulta, que Portugal, pátria de povo servil, secularmente amparado ao Estado, acriticamente obediente ao patrão, ao padre e ao capitão, precisaria de um homem como o Almirante, ostentando a farda do poder, a autoridade do chefe, o dom do sacerdote e a espada do militar, viste-los, erradamente, no Almirante gotejante, que transpira em bica das mãos e da testa, domingo porventura te arrependerás, quando as urnas falarem e o teu Almirante de cabeça ignorante perder; recordo que no dia do nosso primeiro encontro olhava para ti sobre a secretária e, consoante ias falando, ia-me perdendo no teu olhar como um laço que entre nós se fosse materializando, desenhando o nosso futuro amor, disseste-me mais tarde que também te perturbei, o meu cabelo dourado corrido, solto, eu não me impressionei, aspirava o teu olhar desejando que me convidasses para jantar, foi o que, sentada um ano depois com a Natália no Botequim lhe confessei, entre os políticos o único que me atraía eras tu, e ela, áugure e sibila, pítia e pitonisa, poeta do fogo sagrado roubado aos deuses, fez descer o seu veneno doce sobre ti, marcando-nos um almoço, a mim ordenou-mo, forçando-me, todos falam que o nosso amor começou nesse almoço, mas nós sabemos que não é verdade, começou no dia em que entraste – com o pé direito, reparei eu –, na sede da Urso Polar, contaste-me as ideias para o livro, as tuas ideias para Portugal, as mesmas por que hoje lutas impondo ao país um desconcertante Almirante, falavas como se murmurasses, lento, breve e pausadamente, articulando frases curtas, conjugando ideias novas, ouvia-as sem ouvir, ansiando por um convite para jantar, um lanche, uma bebida de fim de tarde, um encontro matizado de negócio, mas ambos saberíamos destinado a ser mais, a ser outra coisa, mas nada, eras um político, falavas de política e logo esta te esgotava, reparaste no meu olhar esmeralda, mais por curiosidade de admirador de beleza alheia do que por interesse de possuidor, acompanhei-te à porta, insistindo em prazos, insinuei que havia uma das nossas editoras que tinha muito jeito para escrever, podia secretariar-te, era muito zelosa, gravarias as ideias mestras, ela desenvolveria, tu aprovarias ou reprovarias, recusaste terminantemente, desculpei-me, inocente, com o prazo, aleguei que na América os assessores escreviam os discursos dos políticos, arrepiaste a mão, cortaste a conversa, disseste, é o meu livro, cabe-me escrevê-lo, dei-te a mão na despedida, beijaste-a de novo, olhando-me obliquamente, de baixo para cima, percebi ser um gesto natural em ti, advindo desse arcaico Porto onde no Passeio da Foz os senhores beijam dolentemente as mãos das Agustinas avós, delas orgulhosos, eu nada significava para ti, pensei, mas, inesperadamente, velho macho latino, sorriste e disseste, lamento termo-nos conhe-cido em trabalho, poderíamos ser amigos, atrapalhei-me, san-gue fervente, olhar inquieto, coração suplicante, deveria ter respondido que o mesmo pensava, abriria de novo a porta do gabinete, pela qual entraríamos dizendo, vamos remediar essa situação, encontramo-nos para jantar amanhã, está bem?, mas eu, apavorada, coração em chamas, indomado, tartamudeei de lábios espalmados um pois horrorizado que te afectou, viraste as costas, o Secretário abrira a porta do elevador, esperava, brandindo a mão para que a porta eléc-trica se não fechasse, entraste precipitadamente no elevador e a porta cerrou-se de imediato na sua massa de ferro, regres-sei ao meu gabinete, confortei-me com o ursinho branco encostado à face esquerda e amparei-me à ombreira da janela, camuflada pela cortina de repes verde, o motorista apressava-se, de barriga descaída sobre o cinto, abrindo-te a porta do *Volvo,* recuei meio passo, deixando um olho de espião no fim das pregas da cortina, suspeitei que olharias para cima, uma estranha sensação, advinda do mais fundo do meu íntimo, como um sinal profético que anuncia um futuro impossível, olhaste, recuei novo meio passo, ame-drontada mas sorridente, conquistara-te, melhor, quase te conquistara, como breve se revelou, quando as provas foram corrigidas pela tua secretária, encontravas-te em Londres em convalescença de uma operação, disseste-me tu mais tarde, enviei-te trinta exemplares para a sede do partido, respon-deste com um cartão cordial, guardei-o na secretária do escritório da casa, ao pé do ursinho branco, levara este para casa quando me desinteressei do trabalho editorial e passei a acompanhar-te como «amante» do primeiro-ministro, a Urso Polar corria bem e corria mal, os livros políticos tinham-se

vendido bem durante a ditadura, havia uma sede de novidade que devorava tudo o que era publicado, os livros de
poesia, para meu espanto, também se vendiam bem, a Natália levara outros poetas para a editora, ensaístas, Portugal
possuía então uma pequena elite culta que, à força divor-
ciada da Europa, se envergonhava de não partilhar as modas
de Paris e de Londres e comprava tudo o que pudesse ali-
mentar a sua auto-estima europeia, os políticos da oposição
conheciam os poetas e os escritores, orgulhavam-se de partilhar preferências e valores comuns, estilos de vida comuns,
frequentavam os mesmos cafés e livrarias, ouviam os mesmos discos, a Urso Polar não publicava para o povo nem
para o regime, mas para esta elite iluminada que, sôfrega, se
alimentava de cultura europeia, opondo-a à americana, a
polícia política do Estado Novo desconfiou, foi-me exigido
um plano editorial, deixavam sair os livros e depois apreen-
diam dois ou três, dois a três mil exemplares de cada um,
todos retidos no armazém da distribuidora, a Pide chegava
com uma carrinha e dois serventes, carregavam os livros para
a sede da Pide, em Lisboa, o inspector ria-se, dizia que já
tinha combustível para aquecer as mãos no inverno, senti o
lábio superior entesar-se, a testa cruzar-se, calcei os sapatos
altos de pele, o meu vestido comprido de veludo preto, o
vison e apresentei-me na sede da Pide, simulei esforço em
falar português e queixei-me ao director-geral, não entendia
porque livros sobre a condição das mulheres ou a existência
de negros nos Estados Unidos da América eram apreendidos
em Portugal quando circulavam livremente no país de origem, pagara os direitos internacionais, tudo era legal, levara
comigo as edições francesa e italiana, joguei-as desprezivel-
mente para cima da mesa do director, este percebera a inten-

ção, simulando uma cara de nojo, perguntei-lhe que país era este que me acolhera mas que me proibia de publicar livros editados em todos os países civilizados, e sublinhava, civilizados, ele amarrotava a cara, mirando o brilho novo do *vison,* envergonhado, incapaz de responder, alegou despropositadamente que havia uma guerra em África, todo o cuidado era pouco, eu retorqui-lhe, cuide da sua guerra que eu cuido dos meus livros, informei-o que na próxima apreensão, se a houvesse, não falaria com ele, mas directamente com o ministro, declinei o nome do ministro com o à-vontade de quem janta com ele, perguntei-lhe se lia, o senhor director lê?, ele tartamudeou, a secretária intrometeu-se, o senhor director lê os discursos de Salazar, tem aí a edição, ele atirou a mão para cima, desculpando-se, via-se que tinha os livros de Salazar por obrigação, não para os ler, foi sincero, dando-se ar de homem livre, fiz-me sábia, disse-lhe que não deveria passar a incultura dele para os filhos, informei-o que obrigava os meus filhos a ler um livro em francês e outro em inglês uma vez por mês, e adverti com solenidade, fingindo uma voz rija que não era minha, quero trabalhar para o bem de Portugal, não quero mais apreensões de livros da Urso Polar, se de novo acontecer exijo a sua demissão e a indemnização de prejuízos ao responsável, apontei o dedo para ele, se for o senhor, irá a tribunal; logo a seguir, editámos um livro sobre a guerrilha urbana no Brasil que os meus colaboradores garantiram que seria apreendido, não foi, soube que a Pide avisou o Hugo de que abrira um processo em meu nome e que eu poderia ser chamada a interrogatório, o Hugo falou com um banqueiro do regime devedor de favores à nossa família, ocupava falsos lugares em conselhos de administração das nossas empresas, pagos a peso de ouro,

nunca fui chamada, apenas uma ou outra inspecção ao armazém dos livros, sem consequências, levavam exemplares como
amostra, para lerem, desconfio que ficavam tão espantados
com a novidade do conteúdo dos nossos livros e sentiam
tanto prazer na sua leitura quanto os nossos leitores da oposição política.

Adormeceste, preguiçoso, exausto, a cabeça declinada,
acordo-te, tiro-te o casaco, deponho a almofadinha entre o
teu pescoço e o encosto, afago as tuas mãos, distendo-as e
amacio-as com um beijo disfarçado, vejo-te traçar as pernas,
guardar o bloquinho de apontamentos, baixar serenamente
as pálpebras em repouso, as luzes continuam ensombrecidas,
o *Cessna* entrou na pista, avançando lentamente, preparado
para a descolagem, ouço o piloto e o co-piloto rirem, suspeito de uma conversa ligada ao futebol, especialidade de
portugueses infrutuosos, o bimotor pára, os motores rugem,
aceleram, volto a cabeça para a cabina, o escuro da noite
engole o *Cessna,* que desliza pela pista iluminada, erguendo-se
suavemente no céu, o Secretário, à nossa frente, tapado por
um tabique de metal, deslaçou o nó da gravata, desapertou
o botão do colarinho, não tarda despirá o casaco, imitando-te,
o Ministro troca sorrisos convenientes com a mulher, de costas espetadas e mãos ríspidas nos braços almofadados do
assento, disse-me à entrada que tinha medo de andar de
avião, mas nada a separava do marido, levara as ameaças a
sério, aconselhei-a a tomar um quarto de comprimido para
dormir, respondeu-me que se o tomasse ficaria a dormir
toda a noite, passei-lhe uma *écharpe* que levava na malinha,
finque as mãos nela, agarre-a como se a torturasse, expulsa o
terror para as mãos, alivia-a, confirmei, já fiz isso numa via-

gem entre Nova Iorque e Londres cheia de turbulência e
poços de ar, alivia muito, reconfirmei, serenando-a, inventara aquela história para a sossegar, olhei de novo para ti, o
teu perfil alquebrado, magro, sumido, idêntico ao meu,
raramente como, maçã e leite frio desnatado ao pequeno-
-almoço, depois, durante o dia, na editora, bolachas fibrosas,
outra maçã, um pêssego, um chá frio a meio da tarde, janto
com os filhos, escassa carne, peixe abundante, uma batata,
tu também, nunca te vi comer feijoada ou tripas à moda do
teu Porto, por vezes ouso um bife grelhado com esparre-
gado, muito limão, é o que tu preferes, dispensas batatas fri-
tas, que os meus filhos adoram, armas batota com eles contra mim, sempre que me distraio distribuis as tuas batatas
pelos seus pratos, todos se riem, é o teu riso que me desarma,
o riso inocente que o tempo apagou dos lábios do Hugo –
sobressalto-me, tu acordas inesperadamente, num átimo abres
os olhos, peito teso, mãos cerces buscando os braços do
assento, vincando-se neles, eu pulo os meus, desmedida-
mente, o lábio superior retesado, o que foi isto?, um baque
violento, surdo, um estrondo rouco vindo da cabina corta-
-nos a respiração, dois estampidos seguidos de um estouro, um
fragor cavo, seco, as vozes desencontradas do piloto e do co-
-piloto rompem a porta do *cockpit,* olho de novo para trás,
uma deflagração dilacerou os pés do piloto, a detonação alerta
o Secretário, levanta-se abruptamente, não pusera o cinto,
irrompe a meu lado, olhar fixo assombrado nos dois pilotos, o
Ministro católico grita, blasfema uma asneira, agarrado ao
ombro esquerdo, soltaram-se-lhe os óculos, olhar aterrorizado,
ombro esquerdo do casaco furado de pontículos invisíveis, os
filhos da puta cumpriram a ameaça, desabafa rouco e babado
para a mulher, esta desaperta o cinto e mira horrorizada o

ombro do marido, de braço esquerdo fixo, rígido, a mão direita nele pousado, embaraçado, não sabe o que fazer, olha para mim, complacente, meneia a cabeça, desculpando-se do impropério, um arco-íris de chamas fugazes acolchoa os pés do piloto, o co-piloto gagueja, explosão, diz, surpreso e intimidado, diminuído, olhar perdido, orelhas em riste, mãos trementes, a avioneta cavaleia, descai para a esquerda, desequilibrando-se, o motor da asa esquerda estala, rouqueja, rátátátá, explode em sons desencontrados, coarctados, o piloto recolhe os pés, sapatos rompidos, rebentados, explodidos, canhões das calças enegrecidos, lança um ai de dor agarrado ao calcanhar do pé direito, rosto extraviado de sofrimento, meu Deus!, desabafa, o *Cessna* perde altitude, as faces de terror do piloto transmitem-se ao co-piloto, que força um botão azul e carrega apressadamente em dois manípulos, tu levantas-te, o Secretário não deixa, ríspido, interpõe-se, confere os nossos cintos, aperta o meu, o piloto fecha os olhos, curvado de dor sobre os pés, olho para trás e vejo-lhe o rosto dorido, cravado de pequenos buracos ensanguentados, os olhos revirados de tormento, as mãos inspeccionando os sapatos descambados, repousa a cabeça no vértice do assento, vai desmaiar, a mulher do Ministro grita, apavorada, terrificada, grudando-se ao marido, abanando-lhe o ombro, um fio de sangue exsude sobre a fazenda do casaco, a mulher do Ministro vocifera, expande-se de novo em gritaria, alerta-nos, olho-te, olhas-me, tomamos consciência de que podemos morrer, os nossos dedos enlaçam-se como cobras desesperadas, dizes para ti próprio, não pode ser, e para mim, não tenhas medo, defendes-me e acalmas-me.

Encontrei um homem e agora vou morrer, não é justo, não perfizeram três anos que nos amamos, e agora vamos

morrer, os dois, juntos, de mão dada, não é justo, tocas-me
a mão, vincas a tua na minha, carrega-la, aferra-la, aperta-la,
amarra-la, a minha mão eternamente amarrada na tua, disse-me,
não pode haver Deus, se houvesse não o consentiria, falha
um Deus na história da minha vida, se houvesse Deus o *Cessna*
retomaria a linha direita do voo, picaria para os céus, para a
lua, a lua gorda que se avista da escotilha, carnuda, encar-
dida, a mesma que me vira chegar ao aeroporto da Portela,
em 1962, uma lua completa, sombreada, de raios escarlates,
eu vinha para ser feliz em Lisboa, a capital mais antiquada
da Europa, dava a mão ao Hugo, a mão do Hugo desampa-
rava-se, leve, suada, um pedaço de carne mole, Lisboa
criava-lha ânsias, passei o toalhete perfumado pelas mãos do
Hugo, afaguei-lhe o rosto, as faces, é ali o nosso futuro,
disse-lhe, apontando para Lisboa, o futuro de um judeu é na
América, só na América somos livres, ou na Holanda, repli-
cou-me, eu sorri, então façamos a nossa América em Lisboa,
façamos uma nova Holanda, Hugo, ele contrariou-me, se eu
conseguir fazer Portugal em Portugal já me dou por feliz,
estamos em guerra, vou ser recambiado para as colónias,
para combater, não escapo, disse ele, o pai telefonara-lhe de
Lisboa, avisara-o, o Hugo seria incorporado, as cunhas não
tinham resultado, não escapo, é o que me apetece dizer
agora, não escapamos, a avioneta voa para o inferno, o
inferno é a terra lá em baixo, o inferno é a cabina em chamas, a fuselagem a arder, um rasgão na carlinga da cabina,
os sapatos do piloto abrasam-se envolvidos por cintilações
laranja e azul, as chamas são amarelas, labaredas faiscantes,
refulgentes, vê, parecem crepitar, é um fogo estranho, fixo,
reluzente, imóvel, não são labaredas de fogueira, não sibi-
lam, não serpenteiam, deviam ondear e mantêm-se tremelu-

zentes, é o fogo da morte, faísca e refulge, estaleja, pulsa, eléctrico, metálico, mas não queima, é um fogo frio, queima gelando, não escapamos, levámos a vida demasiado longe, temos desafiado preconceitos, sempre o mundo riposta, retorquiu em forma de fogo, um fogo álgido, vazio, engole mas não queima, não morreremos queimados, meu amor, nenhum fogo nos mataria, só o fogo da vida, três anos durou a nossa vida inteira, se não te tivesse conhecido nunca teria vivido uma vida inteira, tu completaste a minha vida, mas é injusto, três anos poderiam tornar-se dez, vinte, trinta, olha, o co-piloto desvia os pés, o fogo dele queima, é laranja e azul, esse sim, esse queima, ondeia e serpenteia, abrasa, incinera, calcina, vai morrer queimado, nós não, fomos fogo em vida, fogo não queima fogo, o Deus que não há não o permitirá, ainda há esperança, o co-piloto, aterrado, força manípulos, pressiona botões, de novo apertas-me a mão, talvez o bico do *Cessna* arrepie, a lua que me adoptou não pode matar-me, o aeroporto que me acolheu não pode matar-me, não morreremos, *love*, quando tudo estiver perdido levantar-nos-emos, tem sido sempre assim, proibiram-te de falar e tu falaste, tiraram-te o partido e tu continuaste, o corpo fraquejou e tu prosseguiste, proibiram-me de publicar e eu publiquei, perdi o meu marido e encontrei o teu amor, não vim para Portugal para morrer, o teu país não vale a minha vida, tu vales, por ti morrerei, mas pelo teu país não, há quinhentos anos que este país não vale uma missa, quanto mais uma vida, e logo a minha e a tua, um amor feliz em terra de elites masoquistas, queixam-se e recriminam-se atirando as culpas para o povo, mas quem faz as leis e as regras não é o povo, é essa miserável elite donde vieste, amor, donde te destacaste, ah, querido, porque tinhas de te destacar, não deixam, em Portugal não deixam, sempre que alguém se distingue tem de adoecer ou morrer, só humilhado pode continuar, o Damião de Góis assassinado, o Vasco da Gama esquecido, o Sá de Mirando banido, o Camões agasalhado em miséria, fugido, o Francisco Manuel de Melo expatriado para a Bahia, o padre António Vieira julgado por inquisidores inferiores a gafalhotos, o Cavaleiro de Oliveira queimado em efígie, o Pombal desterrado, o Eça exilado por conta própria, o Antero suicidado, o Mário de Sá-Carneiro envenenado, o Pessoa silenciado, o Sena arredado, o Pascoais isolado, o Torga abafado, o Régio ameaçado, o Vergílio intimidado, o Lourenço banido, o Agostinho da Silva perseguido, o França incompreendido, o Mário Soares preso, o Cunhal clandestino, quantos mais, tu és apenas mais um, amor, dear, é a cáfila a retorquir, a récua a abafar, a caterva a asfixiar, a corja a vomitar, a matilha a destruir, a turba a invejar, a chusma a maldizer, a horda a barbarizar, os funcionários a desfuncionarem, como dizia o O'Neill, os empregados a invejarem, os caixeiros a intrigarem, as domésticas a mexericarem, os directores a privilegiarem, os patrões a explorarem, os políticos a mediocrizarem, os secretários a caluniarem, os subordinados a difamarem, os chefes a abocanharem, os recalcados dos ministros das contas impados, um Parlamento que parece um bestiário de horrores do jardim zoológico, o deputado-zebra, passivo, o deputado-mula, resignado, o deputado-girafa, apático, a deputada-vaca, indolente, o deputado-camaleão, indiferente, o deputado- -camelo, negligente, o deputado-aranha, sôfrego, o deputado-hiena, ambicioso, o deputado-pavão, vaidoso, o deputado-macaco, ignorante, o deputado-gorila, arrogante, o deputado-leão, épico de si próprio, não consentem que lhes sejas diferente, chéri, tens de ser apenas mais um, amor, dear, a lama subiu-te pelas pernas, apanhou-me a mim também, é lama de fezes, querido, as fezes de Portugal, não é lodo vivo das areias de Portugal, terras de Espanha, meu gajeiro, são os dejectos da Índia, meu amor, os excrementos desta nova classe política, de que tu te distinguiste, afinal Portugal não estava de esperanças, quinto-império do mundo de padre António Vieira e Agostinho da Silva, não, os que puseram e mandaram pôr aquela bomba não passam de dejectos do Império, de rebotalho do ouro da Mina, do café do Brasil, da escravaria de Luanda, da pimenta de Malaca, do sândalo de Timor, da canela de Calecute, são os excrementos do Império que não há desde que se perdeu o Brasil e não se ganhou África, querem ser a nova Roma onde Roma já não há, que pena não ter havido um Brutus para um Salazar que era um César das cozinhas, dos naperons de sacristias, dos boiões de marmelada, dos pachos de água quente para as dores das costas, dos borralhos e colchas de flanela para a invernia das noites, dos muretes derruídos, das donas marias da Cruzada de Nuno Álvares, a lama que te apanhou, meu querido, são as borras do Portugal velho, a enxúndia dos possidentes, a escória dos burocratas-juízes- -financeiros, a escuma dos ancestrais-professores-de-direito- -de-Coimbra, a baba escorrente dos frades-barões do Almeida Garrett, a ralé dos fidalgos-terratenentes-parasitá- rios das terras e das aldeias do Júlio Dinis, o cuspo dos bacharéis-administradores-de-concelho do Eça, o escarro dos cónegos-abades-vigários do Camilo, o babadouro dos directores-superintendentes-capitães do Raul Brandão, a escória dos desempregados-da-Índia do Pessoa e dos loucos- -lúcidos-alucinados do Sá-Carneiro, a gosma dos reitores-

-professores-funcionários-ignorantes do Vergílio Ferreira, a gentalha-canalha dos medíocres-interiorâneos-cobiçosos-das-oportunidades-na-cidade-grande, como o ministro das contas, do Régio, o refugo dos chupistas-patrões que engolfam e não partilham do Ferreira de Castro, os descendentes-embrutecidos das casas fidalgas do Norte da Agustina, o rebotalho dos banqueiros-protegidos-do-regime do Lobo Antunes, os aljubeiros cegos de presos cegos do José Saramago, as vísceras podres das personagens vernaculares do Mário Cláudio, o restículo miguelista dos dons João V e VI sugando o ouro do Brasil e enforcando Gomes Freire de Andrade, é da diarreia dos dejectos deles que este fogo é feito, não do fogo da vida, que não queima e não mata, não vim para Portugal para combater este enxurro de farroupilhas trajados de seda e cambraia, desde d. João III que ninguém os vence, ou a Europa que tu desejas os vence, dirigindo, organizando, democratizando e partilhando riqueza, ou ninguém os vencerá, eles venceram-te, meu amor, meu querido, meu love, meu chéri, a flatulência empertigada venceu-te, o oportunismo descarado do Ministro das contas venceu-te, a manha e a habilidade jeitosa venceram-te, a ronha e a astúcia ágil venceram-te, a influência, a cunha, a ascendência, o nome nobre mas oco, a fidalguia do dinheiro, a especulação, a gabarolice, a bravata marialveza, o preconceito, o convencionalismo, a colegiada do sacerdócio fatimense supersticioso venceram-te, os bispos de barriga untuosa, os espertos do teu partido, de todos os partidos, os jovens turcos subservientes interiorâneos, subidos do Algarve, descidos da Covilhã, os aparatchiques gordinhos, flatulentos, carequinhas, que não querem ser ministros para se tornarem capachos de banqueiros, arrastaram-te e arras-

tam-me para idêntico destino, mas, se morrermos, eu a teu
lado, assim juntos, de mãos dadas, morrerei, não direi feliz,
não o ousarei, mas completa, como a lua de hoje e a lua de
há dezoito anos, a uma mulher basta-lhe um amor pleno
para que a sua vida se figure em destino, e o nosso amor foi
pleno, íntegro, absoluto, inteiro, se não te tivesse conhecido
a minha vida teria sido uma obra, desafiara o Estado publicando livros proibidos, trazendo ao deserto deste Portugal
autores estrangeiros banidos, lançando a discórdia entre as
frinchas da paz de eremitério, levantando uma guerra onde
sobrevivia uma falsa paz, essa fora a minha obra, mas,
conhecendo-te, vivendo contigo, amando-te, a minha vida
tornou-se mais do que uma obra, tornou-se um destino – e
os destinos não se tecem de vidas suaves e mortes doces, exi-
gem tragédia, separações dolorosas, golpes fundos, sangue
jorrado, o sangue que em espírito tenho jorrado desde que
cheguei a Portugal, batalhando simultaneamente contra o
pseudo-cosmopolitismo dos tarolos de gravata verde sobre
camisa azul e contra a funda ignorância popular, que mais des-
taca o futebol e a religião do que o civismo e a ciência. Vou per-
der-te, perder-nos-emos aos dois, perdemo-nos um ao outro
no meio do caminho, esta é a nossa «selva escura», arrepio-
-me com o gelo do teu olhar, o *Cessna* rodopiou, guinou
para a direita, girou sobre si próprio, arrastando os nossos
corpos num carrossel de horrores, o co-piloto foge da
cabina, desistiu, a avioneta estrondeia, choca contra fios de
electricidade, passa por nós o co-piloto, olhos alvoroçados,
soletra dois nomes, prenuncio serem o da mulher e do filho,
está rezando, agarra-se à porta traseira, força-a, não consegue
abri-la, desfere-lhe pontapés de pânico, o Ministro e a mulher
abraçam-se, rezam em sussurro uma ave-maria de palavras

desorbitadas, o Secretário foi brutamente projectado contra a porta de saída, espojado, só lhe vejo os pés, um para cada lado, imóveis, desmaiou com a queda, estamos sós, não há já esperança, amor, querido, my love, esta é a nossa «noite escura», tiraste o cinto, buscas almofadinhas de encosto para me protegeres, percebeste que a avioneta vai cair, enches apressado o meu assento de almofadinhas, amas-me até ao fim, desproteges-te para me protegeres, cobres-me com as mantas de dormir, amortece, dizes-me, trocas a tua vida pela minha, é o que estás dizendo a esse Deus que nunca conheci, não ter tido um filho teu magoa-me, não penso nos meus filhos, penso no filho que não tive de ti, devo estar louca por não pensar nos meus filhos nem na Mãe, só penso em ti, meu amor, no afã com que me envolves de cobertores, eu puxo-te puxando-te as mãos, puxo-te para mim, beijo-te, recolho pela derradeira vez o sumo da tua boca, não piscas os olhos, concentraste-te na minha protecção, vislumbro a cara aterrorizada do co-piloto, desesperada, tapa os olhos com as mãos, percebo que o fim se aproxima, a cabina desfaz-se em fumaça, que envolve o corpo do piloto, fumo negro, metálico, frio, sombrio, nubloso, infernoso, sólido, grosso, nunca te disse suficientemente quanto te amo, queria ter-to dito mil vezes e mais outras mil, a nuvem densa de fumo cobriu o corpo do piloto, não o vejo já, braços estendidos, desfalecido, não mais olharás para os meus olhos como se os devorasses, o *Cessna* rosna, saltita desafinado, o bico para baixo, prendes-te ao assento, agarras-te, um breve relâmpago de horror nos teus olhos, o fumo assoma da cabina, avança para nós como uma nuvem de carvão gasoso, aflora-nos os pés, um sacão violento projecta-te contra o assento, uma gota de sangue refulge na tua testa, a mulher do Ministro estridula, um urro vibrante, o Ministro clama por Deus, o Deus que o mata transfigurando uma avioneta numa pira ardente, o Ministro murmura docemente uma palavra portuguesa que não entendo, o *petit nom* de sua mulher, os portugueses morrem com o nome das amadas entalado na boca, o Ministro percebeu que ia morrer e despede-se da mulher, calmo, frio, ouço, amar-nos-emos de novo lá em cima, refere-se ao céu dos católicos, o fumo invade-nos as pernas, compacto como matéria dura, preto como o diabo, os lábios comprimem-se-te, espalmam-se, descoloridos, fixas-me como se me visses pela derradeira vez, assustas-me, digo, tenho medo, tu dizes, aperta-me a mão como se apertasses o ursinho branco, reconforta-me a imagem viva do meu ursinho, recordo o dia em que o levei para a praia de castigo, enrolei-o numa toalha felpuda, a concha do meu chapéu fazendo de estufa, transpiras até desidratares, disse eu, com dez aninhos precoces, repetindo palavras da Mãe, portaste-te mal, sofres, é assim a vida, só sais daí quando os teus pêlos brancos se tornarem negros, queimados de calor, é o castigo, dissera eu ao ursinho branco, e, arrependida, uma ética bondosa a vir ao de cima, sosseguei-o, depois dou-te um banho de verniz branco, está descansado, ursinho, a mãe cura-te as feridas, oh, meu Deus, cura-me tu as feridas da vida, vapores esfumados enrolam-se-nos no peito, como a serpente má da Bíblia, um novelo de malvadeza, de ruindade, a face perversa do mal, a malignidade, um salteio brusco da avioneta chocalha os nossos corpos, és atirado para o chão, submerso entre os novelos de fumo negro, grito, desaperto o cinto, afasto as almofadinhas protectoras, as duas mantas, baixo-me, ouço pronunciares a primeira letra do meu nome, S, a mortalha de fumo asfixia-te, as outras letras não saem já da tua boca, o teu nome cola-se na minha, preso, de lábios cerrados, os olhos lacrimejando, as narinas soprando o fumo preto, ansiando por respirar...

Fontanelas, 10 de Junho de 2007